나만 외로운 게 아니었구나

나만 외로운 게 아니었구나

초판 1쇄 인쇄 | 2022년 2월 21일
초판 1쇄 발행 | 2022년 3월 7일

지은이 미단
발행인 이승용

편집주간 이상지 | 편집 임경미
마케팅 이정준 정연우
북디자인 이영은 | 홍보영업 백광석
기획 백작가

브랜드 센세이션
문의전화 02-518-7191 | 팩스 02-6008-7197
홈페이지 www.shareyourstory.co.kr
이메일 publishing@lovemylif2.com

발행처 (주)책인사
출판신고 2017년 10월 31일(제 000312호)
값 13,800원 | ISBN 979-11-90067-54-6 (03810)

네이버 포스트 [책인사]
바로가기

네이버 카페 [치유의 숲]
바로가기

나만 외로운 게 아니었구나

미단 지음

갑자기 눈물이

왈칵 쏟아지려 할 때

나를 지켜준

한마디

SENSATION
MAKE UP YOUR

'당신은 아무 일 없던 사람보다 강합니다.'
'지금까지 산 것처럼 앞으로도 살 건가요?'

위에 두 문장은 인생이 한없이 아래로 추락하고 있다
고 느꼈던 때 만난 김창옥 강사의 저서 제목입니다. 뇌종
양 진단 이후 기존에 하던 일을 모두 내려놓고, 무엇을
해야 할지 어디서부터 시작해야 할지 모를 때 이 책들과
강의를 통해 참 많은 힘을 얻었습니다.

'내가 만약 나중에 책을 쓴다면 이분처럼 사람들의 마
음을 따뜻하게 데워주고, 힘을 실어줄 수 있는 책을 쓰고
싶다'. 5년 전에 했던 이 생각이 이제 현실이 되어 저처

럼 힘들었던 분들께, 부족하지만 조금이라도 보답할 수 있게 되어 감사합니다.

저는 세 분의 부모님이 계시는 복잡한 가정에서 자랐습니다. 그것은 제가 선택할 수 없는 것이었지요. 그리고 성인이 되어서도 그리 행복하지 않았던 결혼생활을 하면서 세상에 홀로 서 있는 듯한 기분을 느낄 때가 많았습니다. 복잡한 가정환경으로 온전한 소통의 방법을 배울 수 없었던 어린 날의 결핍이 저로 하여금 외로움과 소통이라는 주제에 관심을 기울이게 한 게 아닌가 생각합니다.

이 책에는 외로움이라는 주제와 함께 제가 살아온 그간의 삶에서 경험한 이야기를 다채롭게 풀어놓았습니다. 비록 힘든 시간을 보냈지만, 그에 못지않게 오랫동안 기억하고 싶고 마음에 품고 싶은 추억도 서린 시간이었기에 진솔하게 남기고 싶었습니다. 책을 쓰면서, 부족한 아내와 엄마 역할을 했던 저를 발견하고, 돌아보는 시간을 가질 수 있었습니다. 그러다 보니, 모든 것에 시작과 끝이 있듯이 사물과 사람도 만남과 이별을 반복하게 된다는 자연의 이치를 다시금 발견하게 되었습니다. 예기치 않은 사건을 통해 어떻게 문제를 마주하고, 해결해 나가는지 하는 부족한 깨달음을 서툴지만 담담히 담으려 노력해 보았습니다.

 책을 출간하기까지 개인적으로 참 많이 고민했습니다. 제가 살아온 삶에 핑크빛보다 회색빛 이야기가 더 많다 보니 저를 아는 사람들과 가족들이 보게 되면 마음이 아프지 않을까 걱정되었기 때문입니다. 하지만 제가 걸어온 시간이 누군가의 삶에 희망을 심어줄 수 있다면, 지금 이 순간 회색빛 인생을 살아가고 있는 단 한 사람의 삶에 힘을 보탤 수 있다면 그것으로 감사하자는 마음에 용기를 냈습니다.

인생이 한없이 아래로 추락하고 있다고 느꼈던 그때, 제게 힘을 실어주었던 문장처럼, 제 삶을 담은 이야기 중 어느 한 구절이라도 좋으니, 누군가의 삶을 살리는 글이 되었으면 좋겠습니다.

2022. 2월 어느날

미단

차
례

2장 멍청하게 지낸
모든 날들의 보상

3장 내 마음의 삶을 기록하는 시간

4장 그저 살다 보면
이런 날도 있는 거라고

에필로그

나만 힘들고
외로웠던 게 아니었구나

; 우리는 어쩔 수 없이 외롭고 고독한 존재였구나

_____

1장

평범하지 않아도 괜찮아

가정이야말로 고달픈 인생의 안식처요,

모든 싸움이 자취를 감추고 사랑이 싹트는 곳이요,

큰 사람이 작아지고, 작은 사람이 커지는 곳이다.

─ H.G. 웰스 ─

남들이 말하는 평범한 생활을 갈구했던 어린 시절, 다른 이들의 일반적인 생활은 나에게 특별한 삶으로 보였다. 철부지 시절, 이 부분에 눈을 뜨게 된 건 분명하게 기억은 나지 않지만 아마 초등학교 고학년 때였던 걸로 기억한다. 내 출생의 지점은 아버지를 중심으로 두 어머니 사이에 걸쳐 있었다. 평범하지 않은 부모를 선택할 수 없는 자식 된 입장을 받아들이기까지 오랜 시간이 걸렸다.

나는 순조롭지 않은 딸 부잣집의 일곱 번째 딸로 태어났다. 위로는 언니가 여섯 명, 아래로는 세 명의 여동생이 있다. 사회생활을 시작하면서 이런 나의 가족력은 많은 사람을 한 번씩 놀라게 했다. 주위 사람들은 가정 사정을 알지 못했을 때는 "부모님 두 분의 금술이 좋으셨나 봐요."라고 말했지만, 내막을 알고 나서는 "부모님이 참 힘드셨겠어요."라고 말을 바꿨다. 어린 시절 한 가지 바람이 있다면 '엄마, 아빠가 각각 한 분씩 계시는 집에서 사는 것'이었다. 하지만 이런 평범한 집은 내가 가질 수 없는 특별한 것이었다. 결혼 전까지 복잡한 우리 집의 가계도는 나에게 드러내고 싶지 않은 것 중에 하나였다.

아버지에게는 두 분의 아내가 있다. 첫 번째 아내는 집안과 집안끼리 정혼을 통해 만난 분이고, 두 번째 아내는 아버지가 제대 후에 사회에서 만난 분이다. 자녀는 첫 번째 아내에게서 일곱 명의 딸을, 두 번째 아내에게서 세 명의 딸을 얻었다. 세 명의 딸 중에 첫째로 내가 태어났다. 그리고 몇 년 후에 두 명의 여동생이 태어났다. 아버지는 장남에 장손이셨기 때문에 아들을 얻길 원하셨지만 안타깝게도 당신의 운명에는 아들 복이 없었는지 줄줄이 딸만 얻었다. 두 번째 아내는 사별한 전남편 사이에 남매가 있었다. 나와 내 동생들(같은 모태에서 태어난 두 명의 여동생)은 아버지의 첫 번째 아내를 '큰엄마'라고 불렀고, 두 번째 아내를 '엄마'라고 불렀다. 그리고 나와 내 동생이 친엄마와 떨어져 큰엄마 밑에서 자란 집을 '큰집'이라고 말했다.

큰엄마는 시골에서 농사를 지으며 사셨고, 엄마는 시내에서 막걸리 장사를 하셨다. 아버지는 엄마가 술장사를 하기 때문에 자식들 교육에 좋지 않다고 생각하셔서 나와 동생들을 큰집으로 보냈다. 동생들은 생후 1, 2년 사이에 들어갔고, 나는 엄마 옆에서 7살까지 지내다가 초등학교 입학을 앞두고 큰집으로 들어갔다. 이렇게 되면서 우리 집의 가계도는 복잡해졌다. 낳은 자식들을 각자 기르게 했더라면 좋았을 텐데, 혈육에 대한 강한 애착을 가지셨던 아버지 때문에 열 자매는 저마다 다른 아픔을 안고 살아야 했다. 우리는 서로 배다른 형제였지만 한 솥밥을 먹는 횟수가 많아지면서 자연스럽게 한 식구가 되어갔다.

그 옛날 큰집에서는 밖에서 나아온 자식(나와 내 동생)을 본처의 집에 들이는 것을 반대했다.(당연한 일이다.) 하지만 큰엄마는 자신의 운명으로 알고 우리 셋을 받아주셨다. 이 엄청난 결정을 하신 큰엄마가 존경스럽다고 느껴진 건 내가 결혼을 하고 아이들을 키우면서였다.

결코 쉽지 않은 선택 앞에 운명으로 믿고 우리를 받아주셨던 큰엄마를 생각하면 늘 감사와 죄송한 마음이 교차한다. 세 분의 부모님을 포함해 형제, 자매로 연결된 가족이 모두 열다섯 명이 됐다. 나는 이들과 지금까지 가족이라는 이름으로 살아가고 있다. 핵가족 시대를 살아가는 요즘 시대 사람들이 만들어내기 쉽지 않은 가족 수다.

어른이 되고 나서 알았다. 평범하지 않아도 괜찮다는

걸. 그 특별한 시간 덕분에 지금의 내가 존재할 수 있었고, 대가족이 연결될 수 있었으니까….

엄함과 억압의 중간 지점에서

아이가 자기 집을 따뜻한 곳으로 알지 못한다면
그것은 부모의 잘못이며,
부모로서 부족함이 있다는 증거이다.
— 워싱턴 어빙 —

　초등학교를 입학하고 큰집으로 들어가 살면서 엄마와 중학교 때까지 떨어져 지냈다. 가끔 엄마를 만나기도 했지만, 어린 동생들을 챙기며 엄마가 보고 싶어 자주 울었다. 아버지로 인해 복잡해진 집안 구조는 늘 나를 움츠러들게 했다. 어디를 가도 당당하게 지낼 수 없었다. 두 번째 부인의 첫째 딸로 태어난 운명의 꼬리표를 평생 숨기며 살고 싶었다. 처음 몇 년 동안 큰집에서의 생활은 낮

선 공간과 사람들 속에 혼자 있는 듯한 느낌이었다. 모태가 달랐던 자매들과 한집에서 살면서, 마음이 힘들어도 누군가에게 속 시원히 말하지 못했다. 일상에서 일어나는 다양한 감정처리에 어려움을 느꼈지만, 투정 부릴 대상을 찾을 수 없었다.

어린 시절, 외출 후 집으로 돌아오시는 아버지를 먼발치에서 발견할 때마다 마음이 불편했다. 동생들과 재미있게 놀다가도 아버지가 오시면 놀이를 멈췄다. 아버지 기준의 자식 사랑은 대부분 일방적이었고, 엄하게 큰소리를 치시거나 혼을 내는 방식이었다. 특히 밤에 술을 드시고 오는 날에는 가족 모두가 긴장했다. 대부분 그런 날은 나와 언니, 동생들이 안방에 무릎을 꿇고 아버지의 일장연설을 한 시간 가까이 들어야 했다. 가끔 한 사람이 잘못이라도 하는 날에는 모두 종아리를 맞았다. 이런 아버지의 마음대로 양육법은 아버지와의 거리감을 더 멀게 만들었다.

《정서적 흙수저와 정서적 금수저》의 저자인 최성애 박사와 조벽 박사가 말하는 엄함과 억압의 정의를 보면서 아버지의 양육 방법이 바르지 않았음을 알게 됐다.

> "엄한 것은 아이나 어른이나 모두 지켜야 하는 규칙이나 행동 규범을 알고 있는 상태에서 그 규칙과 규범을 따르게 하는 것이다. (중략) 반면에 억압적인 경우 아이가 지켜야 하는 규칙은 바로 어른 자체이다. 시도 때도 없이 새로운 규칙이 생겨나고, 충분한 예고 없이 규칙이 발표되고, 명쾌한 설명 없이 적용된다. 그리고 규칙을 지키지 않아도 괜찮다가 갑자기 지적을 당하기도 한다. 그래서 걸리는 사람이 재수 없는 것이고 걸리면 그저 억울해진다."

아버지의 양육법은 엄함보다 억압에 더 가까웠다. 아버지도 아버지가 처음이라 자식 사랑이 낯설고 익숙하지 않으셨다. 그래서 엄함과 억압의 중간 지점에서 무엇이 진정한 사랑인지 혼란스럽지 않았을까 생각된다.

작가의 노트

대한민국의 아버지들은 억압적인 양육 태도를 가진 분들이 많습니다. 그분들의 상처는 부모 세대로부터 대물림되어 다음 세대에게 고스란히 전수됐습니다. 저희 아버지도 그 가운데 한 분이셨습니다. 억압적인 양육방식으로 자란 아버지는 당신이 겪은 그것을 우리를 키우는 방법으로 사용하셨습니다. 그것을 사랑의 방식으로 아셨기에 당신의 양육 방법을 고집하면서 자식들에게 상처를 입혔습니다. 그 시기가 참 힘들었지만, 한편으로는 아버지께서 이런 사실을 알지 못한 채 평생을 살아오셨다는 것이 안타깝습니다.

분노와 상처를 치유하려면

당신의 내면 아이를 치유한다는 것은
당신의 발달단계로 되돌아가서
'미해결된 과제'들을 끝내는 작업이다.
— 오제은 교수 —

큰집에는 나와 나이가 같은 자매가 한 명 있다. 나보다 두 달 먼저 태어났다는 이유로 아버지는 항상 언니라고 부르라고 하셨다. 하지만 그 말이 잘 나오지 않았다. 나이도 학년도 같고 매일 같은 교실에서 보는데 왜 언니라고 해야 하는지 이해되지 않았다. 그렇다고 아버지께 싫다는 말도 하지 못했다.

초등학교와 중학교 시절 큰집에서 살면서 큰집 자매들

이 친엄마를 매일 보는 것이 부러웠다. 자매들은 큰엄마 앞에서 편하게 말하고, 투정도 부리면서 자신들의 감정을 스스럼없이 드러냈다. 하지만 나는 편하게 큰엄마를 대할 수 없었다. 특히 자매들과 다투고 난 뒤에는 속상한 마음을 끌어안고 속으로 삭일 때가 많았다. 그때는 이런 시간의 반복이 마음의 상처를 만들어내는지 몰랐다.

　많은 사람이 어린 시절 상처를 새로운 가족 관계를 통해 치유받고 싶어 하고, 그것이 가능할 거라 생각에 선택하는 것이 결혼일 것이다. 나 역시도 과거의 아픔에서 벗어나 행복해지고 싶어서 결혼을 선택했다.

　하지만 현실은 내가 꿈꿨던 시간과는 많이 달랐다. 결혼생활 10년 이상 아물지 않은 상처에 상처가 더해져 과거 어느 때보다 더 고통스러운 시간을 보냈다. 일상에서 남편의 표정이나 말투가 조금만 불편해도 예민하게 반응했고, 아이들이 말을 듣지 않을 때는 감정이 격해져 무서운 얼굴로 화를 내며 불편한 상황을 종료시킬 때가 많았다. 그럴 때마다 가족들은 힘들어했다. 그리고 나는 나

대로 순간순간 끓어오르는 화를 멈출 수 없어 깊은 자괴
감에 빠지곤 했다.

시간이 갈수록 무거운 결혼생활에 점점 지쳐갔다. 어
느 순간 한계에 부딪히자 분노와 상처로 얼룩진 내가 보
였다. 지금 생각하면 그 시기에 나는, 거센 물살에 떠내
려가는 오리가 살고 싶어서 물 아래에서 쉼 없이 발을
움직이는 모습과 같았다.

《자기사랑노트》의 오제은 교수는 진정한 치유가 가능
하게 하려면 누군가에게 받아들여지는 치유적 관계를
경험하는 것이 중요하다고 한다. 그럴 때만이 스스로 자
신의 상처를 받아들이게 되고, 그 상처를 입은 내면 아이
를 끌어안을 수 있다고 한다. 여기서 '내면 아이'는 상담
학 용어로 한 개인의 정신 속에서 하나의 독립된 인격체
처럼 존재하는 아이의 모습을 말한다.

많은 사람이 출생 이후 성장 과정에서 원치 않는 상처
를 받는다. 문제는 내면의 상처가 당시에는 잘 드러나지
않지만, 시간이 갈수록 한 사람의 인생 전체에 부정적인

영향을 미친다는 것이다.

저자의 책에 나오는 한 여성은 그녀가 다섯 살 때 엄마가 자신을 두고 어디론가 떠나버린 그날부터 40대 후반까지 울고 있는 내면 아이를 가슴에 지닌 채 살아갔다고 한다. 이 여성에게 필요한 치유 과정은 자신 안의 내면 아이를 만나 다섯 살 먹은 어린아이가 표현하지 못했던 슬픔을 알아주고, 엄마로부터 받은 거절감과 배신감, 분노와 외로움 등을 마음껏 표현하도록 해주는 일이었다. 오제은 교수는 이 작업은 그동안 억눌렸던 감정에 대해 슬퍼하는 만큼 거기에서 자유로워지기 위해 필요한 과정이라고 말했다.

부모의 애착 손상이 대물림되지 않으려면

애착을 형성하는 데 중요한 것은
모든 것을 알아서 해주는 부모가 아니라
아이의 마음을 궁금해하고 물어봐 주는 부모다.
— 문요한의《관계를 읽는 시간》중에서 —

 연애 기간에는 잘 보이지 않았던 남편의 마음속 상처들이 시간이 갈수록 드러났다. 결혼생활 동안 내가 가진 상처와 남편의 상처는 마치 화가 난 고슴도치가 되어 서로의 가시를 곤두세웠다. 어린 두 아이는 그 사이에서 고스란히 엄마, 아빠의 가시에 상처를 입는 피해자가 되어갔다. 큰아이가 7살이 되었을 때 유치원 상담 기간에 선생님이 말씀하셨다.

"어머니, ○○이가 친구들을 자꾸 때리네요. 이런 일들이 1학기부터 있어서 계속 ○○에게 말했는데, 행동이 잘 바뀌지 않아서 어머님께 말씀드려요. 혹시 가정에 무슨 일 있으신 건 아니죠? 이런 말씀드리기 그렇지만 가까운 날 아동 심리치료를 한번 받아보시는 건 어떨까요? 요즘은 초등 입학 전에 아이들 심리상태를 확인하려고 어머님들이 많이 가시거든요."

처음 이 이야기를 들었을 때 선생님이 내 아이를 비정상인으로 보는 것 같아서 무척 불쾌했다. 그리고 그날 집에 돌아와 아이를 붙잡고 창피하기도 하고 화가 나서 혼내기에 바빴다. 아이가 왜 그랬는지 원인을 찾아보려고도 하지 않고 그러지 말라고만 말하고 대충 넘어갔다. 그때까지만 해도 사태의 심각성을 알지 못했다. 문제는 큰아이가 초등학교에 들어가서 일어났다. 초등학교 2학년 때 같은 반 친구와 크게 다툰 뒤 담임선생님이 화가 난 목소리로 전화를 했다.

"여보세요. ○○이 어머님 되시나요?"

"네. 전데요."

"저는 ○○이 담임 교사입니다. ○○이가 친구와 싸워서 연락드렸습니다. ○○이가 친구 작품을 망가뜨리고, 그 친구 신발주머니를 화장실에 숨겨서 제가 오늘 혼을 많이 냈습니다. 그리고 평소에 ○○이 학습 태도가 얼마나 안 좋은지 아시나요? 어머님이 내일 교실 뒷자리에 앉아서 보시길 바랍니다. 제가 얼마나 힘든지 어머님이 아셨으면 합니다."

순간 가슴이 답답했다. 그 상황에 죄송한 마음이 앞서야 하는데 순간 화가 났다.

'아무리 그렇다고 해도 어떻게 학부모한테 교실 뒷자리에 앉아서 지켜보라는 거야?'

그 당시에는 담임선생님이 야속하게만 느껴졌다.

아이가 학교를 마치고 집으로 왔을 때 나는 다짜고짜 큰소리를 치면서 물었다.

"너, 친구한테 왜 그랬어? 오늘 담임선생님께 전화 왔어. 엄마가 너 때문에 정말 창피해서 못 살겠다. 아휴."

"친구가 먼저 내 거 건드렸어. 그런데 선생님은 친구들 앞에서 나를 더 많이 혼냈어. 정말 억울해."

하지만 나는 그때 아이의 억울함보다 선생님께 받은 전화 한 통화에 더 화가 나서 아이의 말이 잘 들어오지 않았다.

그날 밤 잠자리에 든 큰아이를 보자 마음이 먹먹했다. 큰아이는 평소에도 표현력이 부족했던 아이였다. 그러다 보니 말로 자신의 마음을 충분히 말하기를 어려워했다. 대신 몸으로 표현했다. 이런 아이를 보면서 정서적으로 부족한 부모를 만나 아이가 고생하는 것 같아 마음이 아팠다. 이대로 지내다가는 나도 아이도 계속 힘든 시간을 보낼 것 같았다. 그때부터 아이를 데리고 몇 년 동안 아동 심리센터를 다녔다. 많은 비용과 시간을 들이면서 아이의 행동이 달라지기를 기대했다. 하지만 시간이 지나도 딱히 나아지는 모습이 보이지 않자 아이를 볼 때마다 마음이 복잡했다. 그런데 상담을 받는 동안 아이의 행동 원인이 나와 남편이 가지고 있는 상처에서 시작되었다는 것을 깨달았다.

이 사실을 알게 되자 부부 상담이 절실했다. 하지만 남편은 직장 생활하기도 바쁜데 무슨 상담이냐며 도리어 나를 별난 사람으로 취급했다. 여러 번 이 문제를 두고 다툰 끝에 내가 먼저 상담을 받아보기로 했다. 지역에 있는 건강가정 지원센터에서 개인 상담을 몇 차례 진행하면서 내가 가지고 있는 가시가 그동안 아이를 얼마나 아프게 했는지 보게 됐다. 그리고 남편과 나의 불안한 정서가 또 다른 흔들림을 낳고 있다는 사실을 발견했다. 그 시기에 유년 시절 엄마의 오랜 부재로 불안해하며 울고 있는 내 안의 아이와 마주했다. 하지만 현실에 있는 어린아이들을 돌보기에 바빠서 내 안에 아이를 돌아볼 여유가 없었다. 지금 생각하면 그 시기를 어떻게 보냈는지 모르겠다. 환자가 환자를 돌보던 시기가 아니었나 생각된다.

《정서적 흙수저와 정서적 금수저》의 저자 최성애 박사와 조벽 교수는 건강한 애착 육아에 대한 기본 교육 제도화의 필요성을 다음과 같이 전했습니다.

"훗날 부모가 아이가 잘못된 데 대해 죄책감과 후회를 갖지 않고, 잘 못될까 봐 미리 불안해하지 않으면서 육아의 즐거움과 보람을 느끼게 하려면, 운전자에게 운전면허시험을 치게 하는 것처럼 건강한 애착 육아에 대한 기본 교육 제도화가 필요합니다."

저는 이 교육의 필요성에 깊이 공감했습니다. 그리고 세상의 모든 부모가 밟아야 할 필수 코스라고 생각했습니다. 머지않아 애착 육아에 대한 기본 교육 제도가 모든 예비 부모를 위해 현실에서 실현되기를 바랍니다.

자존감 회복을 위해 필요한 것

당신의 노력을 존중하라. 당신 자신을 존중하라.

자존감은 자제력을 낳는다.

이 둘을 모두 겸비하면 진정한 힘을 갖게 된다.

— 클린트 이스트우드 —

학창 시절의 나는 내성적이고 나서지 않는 아이였다. 존재감 없이 조용히 지내는 것에 익숙해 있었고, 수동적으로 따라가는 것을 편안해했다. 친구들의 의사 표현은 존중했지만, 내가 원하는 것은 잘 요구하지 못하는 성격이었다. 그런데 이런 성격과는 어울리지 않게 고교 시절 1년 동안 부반장을 맡았다. 친구들은 인기 없는 부반장 역할을 하길 원치 않았다. 이유는 아침마다 예배를 인도

해야 하기 때문이었다.

내가 다녔던 학교는 미션스쿨이어서, 매일 아침 자율학습 시간 10분 동안 예배를 드렸다. 믿음이나 신앙심이 없는 내가 부반장을 하게 된 건 다른 친구들보다 조금 더 일찍 교회를 나갔다는 이유로 담임선생님이 지목하셨기 때문이었다.

나는 반장의 일을 도우면서 매일 아침 예배를 인도했다. 교실 스피커에서 예배 시작을 알리는 방송이 나오면 성경책과 찬송가를 들고 교탁으로 갔다. 친구들과 같이 찬송가를 부르고 그날의 성경 구절을 번갈아 읽었다. 그런데 문제는 매일 반복되는 예배 시간임에도 60명에 가까운 친구들 앞에 설 때마다 얼굴이 홍당무가 되고 심장이 두근거렸다. 덤으로 성경 구절을 읽는 목소리조차 떨렸다.

이런 내 모습을 알기에 매일 교탁 앞에 서는 것이 부담스러웠다. 하지만 선생님께 못하겠다는 말을 할 자신이 없었다. 지금 생각하면 어떻게 그런 상태로 1년을 보냈는지 모르겠다.

　반면 20대에는 사회생활과 교회 청년부 활동을 하면서 성격이 많이 달라졌다. 학창 시절에서는 찾아볼 수 없었던 적극적인 모습으로 찬양 리더부터 청년부 회장까지 자원할 정도로 나의 청년기 이력은 화려했다. 과거 소심했던 학창 시절의 '나'라는 존재의 흔적은 찾아보기 어려웠다. 어떻게 이렇게 달라질 수 있었을까? 그것은 새로운 관점으로 나를 바라보는 것에서 시작됐다.

　《자존감, 나에게 주는 최고의 선물》의 저자 주디스 벨몬트는 낮은 자존감과 변화에 대해 다음과 같이 말했다.

　"낮은 자존감은 우리의 삶에 광범위하게 영향을 미친다. 그런데도 낮은 자존감 증세를 치료하는 약도 없고, 공식적인 정신 건강 진단 역시 존재하지 않는다. 우울증이나 불안 장애, 기타 흔한 정신 건강 문제와는 사뭇 다른 접근이다. 자존감은 유전적 소인과 환경에 따라 달라진다. (중략) 자신을 조건 없이 사랑하면 태도가 긍정적으로 변하고, 성장할 기회와 새로운 경험을 기꺼이 받아들인다. 아무리 나를 사랑해 주는 사람이 있다고 해도, 자기애

만큼 강력한 영향을 끼치지 못한다."

내 안에 낮은 자존감은 유년 시절 엄마와의 오랜 분리로 인해 자연스럽게 만들어진 형태였다. 하지만 다양한 사람을 만났던 사회생활과 신앙생활 덕분에 '나'라는 사람의 가치를 새롭게 발견할 수 있었다. 직장에서는 나만 할 수 있는 업무가 주어졌고, 내가 아니면 불편해지는 상황이 생기면서 책임감이 따랐다. 거기서 내 존재의 중요성을 서서히 인식하기 시작했다. 업무적인 성과를 낼 때마다 동료들의 엄지척과 상사의 칭찬이 낮은 내 자존감을 세워줬다. 청년부 활동에서는 누구보다 열심히 회원들을 챙기고, 행사를 주체적으로 이끌어가는 내 모습에 함께하는 임원들이 힘을 실어줬다.

무엇보다 변화에 가장 큰 영향을 미친 건 바로 나 자신이었다. 예전에는 보이지 않았던 내 안에 잠재력과 가치를 발견하면서 '나'라는 존재를 새롭게 여기기 시작했다. 그리고 나를 사랑해 주고 아껴주는 것이 무엇인지 알게 됐다.

상처보다 사랑이 더 커 보일 때

강렬한 사랑은 재지 않는다. 그저 주기만 할 뿐이다.
— 마더 테레사 —

아버지는 많은 딸 중에 공무원이 한 명 나와주기를 바라셨다. 그런데 그 기대를 나에게 거신 듯했다. 나는 그런 아버지를 만족시켜 드리고 싶어서 상고를 졸업하고, 취업을 준비했다. 하지만 졸업을 하고 취업이 되지 않는 나를 보신 아버지는 불안하셨는지 이리저리 내 일자리를 알아보셨다.

그러던 어느 날 아버지는 먼 친척분의 아들이 운영하는 우체국에서 직원을 뽑는다는 연락을 받았다.

"너 거기 가서 면접 한번 볼래? 근무하고 3개월 지나면 정직원으로 채용한다고 하는데, 니 생각은 어떠노?"

"…"

"당장 된다는 게 아니라 일단 면접 보고 합격하면 3개월만 버티면 정직원이 되니까 면접은 한번 보는 게 좋지 않겠나?"

"네, 알겠어요."

아버지는 정직원이 되면 좀 더 편하게 일할 수 있는 쪽으로 옮길 수 있도록 힘써 보겠다고 하셨다. 처음 이 말을 들었을 때는 낯선 곳에 면접을 보러 가는 것이 부담스러웠다. 하지만 집을 떠나면 부모님의 구속에서 벗어날 수 있다는 생각에 기대가 차 올라왔다. 며칠 후 아버지를 따라간 곳은 한적한 시골마을에 있는 조그마한 별정우체국이었다.

그곳에는 우체국장을 비롯해 직원 네 명이 근무하고 있었다. 나중에 알게 된 사실이지만 이곳 직원들은 대부분 친인척 사이였다. 그날 면접은 쉽게 통과됐다. 나

는 3개월만 버티자는 생각으로 하루하루 성실하게 근무
했다. 그런데 근무한 지 3개월이 되어갈 무렵 다른 지역
별정우체국에서 금융 사고가 났다. 그 사고는 나처럼 인
맥으로 채용된 직원이 공금횡령으로 벌어진 일이었다.

이 일을 계기로 별정우체국을 관할하는 우체국에서 3
개월 이내에 인맥으로 들어온 직원들은 모두 퇴사를 시
키라는 통보가 떨어졌다. 처음 이 말을 들었을 때는 무척
황당했지만, 한편으로는 잘 됐다는 생각이 들었다. 사실
나는 3개월이라는 시간 동안 나름 자유를 누렸지만, 그
에 못지않게 외로운 시간을 보내고 있었다. 매일 근무가
끝나고 자취방에 돌아오면 적막한 침묵이 흘렀다. 저녁
을 먹고 나면 TV를 보다가 잠자리에 들었다. 이 생활이
2개월이 넘어가자 외롭다 못해 우울해지기까지 했다.

며칠 후 친척분이 점심을 사주시면서 직장을 그만둬야
할 것 같다고 말씀하셨다. 그리고 흰색 봉투를 하나 내미
셨다.

"이거 아버지 갖다 드려라. 사실 너 여기 취업 부탁하면서 너희 아버지가 나한테 준 거다. 일이 이렇게 될지 나도 몰랐다. 미안하다. 아버지와 약속을 지킬 수 없어서 봉투는 다시 돌려주는 게 맞다고 생각해서 가져왔다."

이 말을 듣는 순간 코끝이 찡했다. 그리고 나도 모르게 눈시울이 붉어졌다. 봉투 안에는 현금 백만 원이 들어 있었다. 그 당시 백만 원이면 큰돈이었다. 아버지가 나를 위해 없는 형편에 이렇게 큰돈을 마련하셨다는 사실에 마음이 무거웠다. 그날 퇴근하고 동네 슈퍼에 있는 공중전화로 아버지께 전화를 드렸다. 이날 여러 마디의 대화를 주고받았지만, 전화를 끊고 나서는 아버지의 침묵과 한숨 소리만 내 귀에 남아 있었다.

아버지는 전화기에서 들려오는 딸의 첫 목소리에 어떤 생각을 하셨을까? 3개월이 다 됐으니 정직원이 될 것 같다는 기쁜 소식을 기대하셨을 텐데 의외의 말을 듣고 얼마나 실망하셨을까?

자식의 입장에만 있을 때는 아버지가 주신 사랑보다 상처가 더 컸다. 하지만 부모가 되어보니 아버지가 주신 상처보다 사랑의 사이즈가 더 커져 있었다.

'척'이라는 가면

당신을 당신이 아닌 다른 것으로 바꾸려는 이 세상 속에서
당신답게 사는 것은 매우 훌륭한 성공이다.
— 랠프 월도 에머슨 —

　아침에 가족을 회사와 학교로 보내고 여느 때처럼 집 안일을 마치고 유튜브 강의를 들었다. 이날 김창옥 강사의 여러 개의 영상을 살펴보다가 '가면 속 내 모습 끝까지 숨겨야 할까요?'라는 제목이 눈에 들어왔다.

　그는 사람의 가면에는 3가지 종류가 있다고 했다. 밝은 표정을 짓는 가면, 사납고 무서운 가면, 무표정한 가면. 강의를 들으며 여기에서 말하는 가면은 '~척'이라는 의

43

미와 같다는 생각이 들었다. 그리고 나는 지금까지 어떤 가면을 쓰고 살아왔는지 돌아보았다.

10대 시절에 나는 좀처럼 감정을 잘 드러내지 않는 조용한 학창 시절을 보냈다. 다양한 감정의 경험이 없어서 잘 느끼지 못했다는 말이 더 맞을 것이다. 이 시기에 나는 세 번째 가면을 쓰고 살았다. 그리고 어쩌면 그의 말처럼 겉으로 보기에는 이런 나의 무던함이 어른스러워 보일 수도 있었겠지만, 도리어 살아남기 위한 선택이었는지도 모른다.

30대의 결혼생활에서는 행복한 가정을 꾸리며 사는 평범한 사람처럼 보일 수 있는 첫 번째 가면을 쓰고 살았다. 하지만 현실에서는 매일 불편한 감정들이 남편과 나 사이에서 오고 갔고, 그 안에서 아이들은 힘들어했다. 반면 교회에서는 순종을 잘하는 거룩한 집사의 모습을 보여줬다. 하지만 진짜 내 믿음은 그저 종교 생활을 하는 한 사람에 불과했다. 기쁨과 감사로 살아야 하는 온전히 믿는 사람과는 반대로 항상 불평을 입에 달고 살았다.

두 번째 가면을 쓰게 되는 날에는 가족들 앞에서 무서

운 사람으로 변했다. 그때의 나는 어린 시절 억눌리고 힘들었던 시간을 보상받고 싶은 아이처럼 가족들에게 말과 행동으로 불편한 감정을 드러냈다.

나는 상황에 따라 바꿔썼던 '척'하는 가면을 벗고 싶었다. 하지만 내 힘으로는 불가능했다. 10년이 넘는 결혼생활 동안 몸부림치고 울어보기도 하고, 여러 차례 상담도 받았지만 늘 제자리걸음을 걷는 내 모습만 마주할 뿐이었다.

우리는 살면서 주어진 역할에 따라 '척'을 해야 할 때가 많습니다. 힘든데 안 힘든 척, 하기 싫은데 괜찮은 척 등등의 '척'을 의외로 많은 사람이 하고 삽니다. 그런데 이 '척'이라는 것이 그리 오래가지 않더라는 것입니다. 시간이 지나면 언젠가는 외적으로든 내적으로든 다 드러났으니까요. 저는 무엇보다 결혼생활에서 남편과 사이가 좋지 않을 때 '척'하는 가면을 수시로 바꿔쓰면서 살았습니다. 집안 분위기는 어두운데 밖에서 만나는 사람들, 특히 교회에서 만나는 성도님들 앞에서는 더 철저하게 제 모습을 가면 속에 감췄습니다.

특히 제가 교회에서 여러 가지 봉사를 하는 집사로 인식이 되어 있다 보니 일상이 마냥 행복한 것처럼 웃어야 할 때가 많았습니다. 그래서 많이 힘들어했습니다. 그때 저는 사람들의 시선을 많이 의식하면서 뒤에서 남의 이야기를 하는 사람들에게 저와 우리 가정의 어두운 분위기를 들키고 싶지 않았습니다. 지금 돌아보면 그때의 제 모습에 안쓰러운 마음이 듭니다.

혹시 지금 이 순간 과거에 저처럼 '척'하는 가면을 쓰고 있다면 가면 속에 자신을 먼저 알아주고, 마음을 토닥여 주면 좋겠습니다. 그리고 '척'하는 횟수를 점점 줄여가 보시기 바랍니다. 그러면 한결 마음이 가벼워진 자신과 마주하게 될 것입니다.

행복은 성적순이 아니었다

삶에서 행복하기 위해서는 중요한 것이 세 가지 있다.

해야 할 무언가, 사랑하는 무언가, 희망하는 무언가,

이 세 가지 말이다.

─ 마르쿠스 아우렐리우스 ─

　나는 수능 1세대였다. 내가 고3 때 학력고사가 폐지되고, 처음 수능이 시작됐다. 그 무렵 친구들은 진학보다 취업을 준비하는 친구들이 더 많았다. 수능 시험이 선택이었는지 의무적으로 봐야 했던 건지 모르지만 우리 반 친구들은 대부분 거의 다 시험을 봤다.

　첫 수능이 발표되고 몇 달 전부터 학교에서는 학생들에게 시험 준비를 시켰다. 상업학교였지만 진학을 꿈꾸는 친구들도 있었기에 준비가 필요했다.

　학창 시절 특히 고등학교 때는 개인 성적이나 반 성적
이 내려가면 담임선생님께 맞았다. 그리고 과목별로 성
적이 낮아도 맞았다. 지금 이런 이야기를 우리 아이들
에게 하면 '정말 너무했다'라고 말한다. 하지만 우리 때
는 이것을 당연하게 생각했기 때문에 누구 하나 거부하
지 않았다. 그리고 중간·기말고사가 끝나면 담임선생님
이 반에서 1등부터 10등까지 등수에 든 친구들의 이름
을 불렀다. 그와 함께 교실 밖에는 전교 석차가 벽에 붙
여졌다. 그 벽보를 보면서 성적이 오른 친구들은 흐뭇한
미소를 지었고, 등수가 내려간 친구들은 울상을 지었다.
우리는 그렇게 성적표 결과에 따라 친구들의 무리가 지
어졌고, 서로가 서로의 경쟁자가 되었다.

　이런 차별 문화는 학교에만 머물지 않았다. 동네에서
는 자식들의 성적에 따라 어른들의 자존심이 오르락내
리락했다. 특히 우리 집에서는 아버지가 이 부분에 민감

하셨다. 아버지는 술을 거하게 드시고 오는 날에 일 년에 두세 번은 습관적으로 하셨던 일이 있었다. 그것은 안방에 딸들을 다 불러서 무릎을 꿇게 하고 우리가 몇 년 동안 학교생활을 하면서 받았던 성적표와 교내 상장들을 바닥에 한가득 펼치게 하셨다. 순서는 종이 성적표와 글짓기, 그림 상장 순으로 배열됐다. 그리고 바닥에 펼쳐진 종이 결과물의 주인공들을 한 사람 한 사람씩 부르면서 일장 연설을 시작하셨다.

그때 아버지가 하셨던 연설 내용은 거의 기억나지 않지만, 그때의 이미지는 좋지 않은 기억으로 남아 있다. 그런데 그런 아버지의 모습이 우리 자매들에게는 보이지 않는 경쟁심과 질투심을 가져왔다. 아버지는 '행복은 성적순이 아니잖아요'라는 영화 제목을 무색하게 하는 표정으로 '행복은 성적순이란다'라고 하는 것을 은연중에 전달하셨다.

자매들의 재능은 저마다 다양했다. 공부와 책을 좋아하는 언니, 공부에 흥미는 없지만 사교성이 좋은 언니,

내성적이지만 마음이 따뜻한 동생, 공부와 사교성 둘 다 좋은 동생 등등 저마다 잘하는 것이 달랐다. 아버지는 이런 자매들을 학교 결과물로 비교하시면서 '너는 돌머리다, 공부도 못하는데 어디 가서 밥벌이를 하겠냐'라는 말씀을 하시면서 우리에게 상처를 주셨다.

나는 중·고등학교 시절 성적이 나쁘지 않았지만, 성적표가 나올 때마다 아버지께 보여드리는 것이 다른 자매들에게 미안한 마음이 들었다. 번번이 성적표를 보신 아버지는 다른 자매들에게 '얘 좀 닮아라. 같은 밥 먹고 너는 왜 이만큼 안 되냐?'라는 불편한 말을 다른 자매들에게 했던 기억이 난다.

아버지의 이런 모습은 자매들에게 차별 대우로 이어졌고, 자매들 사이에서는 시기와 질투를 가져왔다. 하지만 다행히 자매들은 지금 성인이 되어 저마다 다른 모습으로 열심히 살아가고 있다. 공부에 흥미는 없어도 다복한 가정을 이루며 사는 자매, 공부와 사교성이 좋은 자매는 자신의 환경에서 역량을 잘 펼쳤다. 반면 공부는 잘했지만 건강적인 이유로 삶의 제약을 받는 자매도 있었다. 나의 경우만 해도 학창 시절 성적이 나쁘지 않았지만, 성격이 소극적이고 말주변이 없어서 취업도 졸업을 하고 나서 한참이 지난 다음에 됐다. 친구들과의 관계도 내성적인 성격 탓에 먼저 다가가는 일이 거의 없었다. 물론 학교에서 배운 여러 가지 자격증을 준비하면서 익힌 기능적인 부분이 사회생활에서는 유용하게 쓰였지만, 대인관계의 어려움은 짧은 시간에 해결되지 않아 힘들어할 때가 많았다. 이런 우리들의 다양한 삶을 보면 성적이 인생에 모든 것을 결정짓지는 않는다는 것을 알 수 있었다.

작가의 노트

한국 사회의 교육에 대한 열정은 세계 상위권에 놓여 있습니다. 요즘 아이들을 보면 제가 살아온 그때와는 비교할 수 없을 만큼 치열하고 열심히 사는 아이들이 한편으로는 대견하면서도 또 한편으로는 안쓰러운 마음이 듭니다. 일찍 꿈을 발견하고 자신의 꿈을 위해 준비하는 모습이 가장 이상적이지만, 그렇지 못한 다수의 아이는 부모의 강요가 절반 이상을 차지하는 것을 봅니다. 물론 초등학교까지는 부모의 간섭이 어느 정도 들어가야 하겠지만, 중고등학교 때는 자아가 커지는 시기이기에 자신의 선택을 존중하고, 아이들을 믿고 기다려주는 것이 부모가 아닌가 생각합니다.

저희 집 두 아이는 성향이 완전히 다릅니다. 한 아이는 공부에 욕심이 많고, 한 아이는 공부에 흥미가 없지만 섬세한 손재주를 가지고 있습니다. 저는 이 두 아이가 미래에 어떤 일을 할지 아직 모릅니다. 둘 다 아직 분명한 꿈도 없습니다. 다만, 한 가지만 얘기합니다. 지금 당장 꿈이 없어도 학창 시절에 해야 할 일을 준비하면 꼭 기회는 온다고 말해줍니다. 그것이 누군가는 머리로 하는 공부일 수도 있고, 누군가에게는 다른 공부가 될 수 있겠지요.

제가 40대 중반까지 걸어와서 알게 된 건 사람의 행복이 꼭 성적에만 달려 있지는 않다는 것이었습니다. 행복은 자신이 좋아하는 일에서 발견하기도 하고, 만나는 사람들 속에서나 소소한 일상에서도 발견하기도 합니다. 저는 저희 아이들이 일찍부터(적어도 초등학교 때) 자신이 좋아하는 일을 발견하기를 바랐습니다. 하지만 아직 찾지 못했습니다. 하지만 괜찮습니다. 기다려주면 언젠가는 찾게 되니까요. 작은 바람이 있다면 우리 아이들이 자신이 좋아하는 일을 찾아서 자신뿐만 아니라 다른 사람들에게도 좋은 영향을 미치고, 사회에 환원까지 하는 아이들로 성장하는 것입니다. 그리고 이 일을 돕기 위해 아이들 뒤에서 묵묵히 기도하면서 기다려주는 부모가 되고 싶습니다.

평범한 일상의 소중함을 알고 나서

과거의 은혜를 회상함으로 감사는 태어난다.

― T.제프슨 ―

코로나19가 확산되면서 1년 가까이 아이들과 매일 24시간을 함께 보냈다. 백신 접종이 시작되면서 학교도 등교가 틈틈이 되고, 외출도 작년보다 많아졌다. 코로나가 시작되기 전 학생들에게 매년 3월은 새 학년을 시작하는 달이었다. 하지만 작년에는 온 나라가 바이러스로 긴장 상태에 있다 보니 예전과는 다른 일상에 길들여져야 했다. 다행히 아이들은 자칫 지루하고 심심할 수 있는 시간을 온라인 학습과 독서 등으로 나름 자신들에게 주어진 시간을 잘 활용했다. 작년 한 해를 지나오면서 평범한 일상을 그동안 우리는 너무 당연하게 누리고 살아왔다는 걸 알았다.

제약된 시간을 살면서 평범한 일상의 소중함을 깨닫게 해준 몇 년 전 발생한 둘째 아이의 교통사고가 생각났다. 사고가 난 그날은 추석을 일주일 앞둔 토요일 주말이었다. 이날 아이들이 햄버거가 먹고 싶다고 해서 동네에 있는 가게에 도착해 아이들을 두고 건너편 은행에 가던 길이었는데 딸이 나를 따라 나왔다.

우리는 횡단보도 앞에서 초록색 신호가 바뀌길 기다리고 있었다. 그런데 신호가 바뀌면서 갑자기 내 핸드폰이 미끄러져 바닥에 떨어졌다. 그 사이 아이가 먼저 한두 발 앞서 나갔는데 순간 '끽'하는 소리와 함께 방금 전 옆에 서 있던 딸이 도로 위로 구르는 모습이 내 눈에 들어왔다. 나는 순간 너무 무섭고 두려운 마음에 숨이 멎는 줄 알았다. 정신없이 뛰어가 딸을 안았을 때 아이는 새파랗게 질려서 온몸을 떨고 그 자리에 꼼짝 않고 울고 있었다.

이날 사고를 낸 운전자는 추석 장거리를 보기 위해 마트 방향으로 좌회전을 하려다가 미처 신호와 아이를 발견하지 못하고 사고를 냈다.

"아저씨! 운전을 어떻게 하신 거예요? 신호가 바뀠는데 차를 멈춰야죠."
"죄송합니다. 제가 미처 신호를 못 봐서⋯. 정말 죄송합니다."

운전석에서 내리는 아저씨에게 나는 이성을 잃은 사람처럼 주위의 시선에 상관없이 날카롭게 소리쳤다. 아저씨는 미안한 마음을 어쩌할지 몰라 하며 아이와 나를 가까운 병원으로 데려갔다. 차에는 가족인 아주머니와 할머니 한 분이 타고 계셨다. 할머니는 미안하다며 아들 대신 사과를 했다.

병원에 도착하기까지는 단 5분밖에 걸리지 않았지만, 그날 차 안에서의 시간은 마치 한 시간 이상처럼 느껴졌

다. 차 안에서 내 옆에 앉아 있던 딸은,

 "엄마, 피 나."라고 말하면서 나에게 자신의 손에 묻은 피를 보여주었다. 내가 놀라 어디를 다친 거냐고 묻자, 딸은 허벅지 안쪽을 가리켰다. 순간 소름이 돋았다. 정확히 어디가 다친 건지 병원에 도착하기 전까지는 알지 못했다. 다행히 아이는 허벅지 안쪽에 살이 1cm 정도 찢어진 것과 무릎에 찰과상을 입은 것 외에는 외상은 없어 보였다. 하지만 갑자기 일어난 사고여서 병원에서는 다른 부위에 이상이 없는지 검사를 해보자고 했다. 그리고 정신적인 충격도 있었을 거라며 추후 심리 상담도 받아보라고 권했다.

 다행히 딸아이는 크게 다치지 않아 짧은 기간 병원에서 치료를 마치고 퇴원할 수 있었다. 퇴원하던 날, 딸의 말에 나는 웃지 않을 수 없었다.

 "엄마, 나 햄버거 먹고 싶어. 집에 가면 사 주세요."

 사고 당일 은행에 갔다가 돌아와서 먹기로 했던 햄버거를 까맣게 잊고 있었는데 아이는 계속 그 생각을 하고 있었다는 게 너무 웃겼다. 그제야 살았구나 하는 생각이 들어 아이를 꼭 안아줬다. 이날 집으로 돌아왔을 때 나는 모든 것이 감사했다. 딸이 크게 다치지 않은 것도 감사했고, 일상으로 다시 돌아올 수 있는 것도 너무 감사했다.

딸은 이날 교통사고 외에도 해마다 독감과 열감기 등의 여러 가지 잔병치레를 하며 병원을 자주 드나들었다. 평소에는 밝고 건강해 보이는데 가끔 아플 때는 입원까지 할 정도로 상태가 심각해지는 아이였다. 하지만 그때마다 아이는 고비를 잘 넘겨주었고, 다시 일상으로 돌아와 주었다.

작가의 노트

지구상에는 지금 이 순간에도 수많은 사고가 일어나고 있습니다.
특히 요즘은 코로나와 고군분투하며 지내는 의료계에 계시는 분들의
이야기를 접할 때마다 마음이 숙연해집니다. 그뿐만 아니라 코로나로
돌아가신 분들이 감염 우려로 유가족과 마지막 작별 인사도 하지 못하
고 화장을 한다는 이야기를 접할 때는 마음이 많이 짠합니다. 요즘은
사람들이 살아가면서 매일 반복되는 하루를 어떤 마음으로 보내는지
궁금합니다. 우리는 가족이 아침에 헤어지고, 저녁에 다시 만날 수 있
는 평범한 일상을 얼마나 감사하며 지내는지 돌아봐야 할 것입니다.

아픔의 시간이 마음의 고향이 되다

당신의 고향은 당신의 마음에 있다.

— 헤르만 헤세 —

둘째 아이를 임신했을 때 입덧이 무척 심했다. 임신기간 동안 집 냄새가 싫어서 친정에 몇 달 내려가 지냈다. 엄마는 딸을 곁에 두고 필요한 것을 챙겨주고 싶어 하셨지만, 식당을 하셔서 첫째 아이와 나는 큰집에 들어가 몇 주를 보냈다.

다행히 맑은 공기를 마시며 지내면서 몸은 편하게 지냈지만, 여전히 먹는 것마다 토해내기는 마찬가지였다. 그런데 신기하게도 어렸을 때 먹었던 배추전과 삶은 다슬기는 먹을 때마다 소화를 잘 시켰다. 입덧 기간을 보낼 때 큰엄마는 친딸을 보살피듯이 나를 살뜰히 챙겨주셨다. 먹고 싶은 것이 있으면 만들어 주셨고, 큰아이와 지내는 것이 불편하지 않도록 돌봐주셨다.

친엄마는 매일 전화를 하시면서 내가 잘 먹는지, 큰아이는 어떻게 놀았는지 일일이 물어봐 주셨다. 나는 두 어머니의 관심과 사랑 속에서 입덧 기간을 무사히 보내고 막달에 둘째를 건강하게 출산했다. 큰집은 유년 시절 나의 상처가 자란 곳이면서 동시에 아름다운 추억도 함께 쌓인 공간이다.

큰집에 머무는 동안 지난날의 시간과 공간에 함께 했던 추억이 떠올랐다. 쪽머리를 하시고 늘 담배를 피우셨던 할머니가 상주하셨던 안방, 언니와 동생들이 함께 놀았던 작은방, 여름이면 매미 울음소리를 들으며 시원한 수박을 먹었던 대청마루, 숨을 곳이 많아서 숨바꼭질하기에 안성맞춤이었던 넓은 마당 등 용도별로 나눠진 큰집의 다양한 공산은 고향의 항수를 더 진하게 느끼게 해주었다.

큰집에는 가축이 많았다. 학교를 다녀오면 반가워서 꼬리를 흔들었던 강아지, 우리 집의 든든한 일꾼이었던 마구간의 소들, 매일 아침 귀한 달걀을 선물로 준 닭들, 주는 것마다 잘 먹었던 토끼들은 이제 내 추억의 기억 속에만 남아 있다.

주위의 풍경은 어린 시절에 알고 있던 모습에서 크게 변한 게 없었다. 건너편에 일부 집들이 조금 더 세워지고, 건물이 몇 개 들어선 것 외에는 논과 밭도 대부분 그대로였다. 그 시절 산과 들은 계절이 바뀔 때마다 색동옷을 갈아입었다. 그것은 마치 유명 화가가 철마다 그려내는 한 폭의 멋진 풍경화 같았다.

집 앞 놀이터는 마을 어르신들이 오며 가며 쉬어가는 쉼터가 됐다. 초등학교 시절 놀이터는 우리들만의 아지트였다. 그네와 미끄럼틀, 시소는 녹이 슬었지만 우리들의 놀이기구로 손색이 없었다. 단옷날이 되면 놀이터 옆 큰 나무에 어른들이 그네를 달아주셨다. 우리는 학교가 끝나면 머리에 창포를 꽂고 서로 그네를 타기 위해 경쟁하듯 놀이터로 달려갔다. 길게 한 줄로 늘어서서 자기 차례가 오기만을 기다리며 탔던 그네는 하늘 끝까지 올라갈 기세로 무릎에 힘을 실었다.

뒷산에 있던 커다란 느티나무는 나무 덩굴이 수북이 덮여 있었다. 그 시절 동생들과 옆집 친구와 함께 학교가 끝나면 나무에 올라가 놀았다. 우리는 저마다 굵은 가지를 하나씩 찜하고는 '여기는 내 자리'라고 말하면서 서로 좋은 자리를 차지하기에 바빴다. 나무 위에서 소꿉놀이도 하고, 엄마·아빠 놀이도 하면서 우리들만의 추억을 쌓아갔다.

이 모든 추억은 내가 큰집에 살지 않았다면 만들 수 없었던 시간이었다. 비록 힘든 학창 시절을 이곳에서 보냈지만, 좋은 추억을 떠올리면 마냥 싫지만은 않다. 세월이 흘러 이제는 그곳이 내 마음의 고향이 될 만큼 따뜻한 장소기 됐으니까.

멍청하게 지낸
모든 날들의 보상

; 누구나 상처받는 거구나,
  누구나 실수투성이로 살아가는구나

2장

실수가 주는 가치

실수를 전혀 하지 않는 사람은
새로운 것을 전혀 하지 않는 사람이다.
― 아인슈타인 ―

일반적인 가정의 모습은 부모도 처음, 아이도 처음으로
출발하는 경우가 대부분이다. 그러다 보니 매일이 시행
착오다. 어느덧 십 대 청소년이 된 두 아이를 보면서 이
들의 성장을 돕기 위해 필요한 게 무엇인지 늘 고민하게
된다. 큰아이를 키우면서 모든 것이 처음이라 서툴렀다.
책에서 보았던 육아 방법과 현실에서 몸으로 부딪히는
육아는 많이 달랐다. 지금 생각하면 초등학교를 들어가
기 전 큰아이에게 좀 더 많은 도전의 기회를 줬어야 했는

데 이 부분이 무척 아쉽다.

영유아 시기에 큰아이의 서툰 움직임은 인내하지 못하는 나에게 조급한 마음을 가져왔다. 밥을 먹을 때는 옷에 밥풀이 묻는 것이 싫어서 먹여줬고, 손을 씻고 얼굴을 씻을 때는 옷에 물이 묻는 것이 싫어서 대신 씻겨줬다. 아이는 스스로 해보려고 시도했지만 나는 그런 아이를 기다려주지 못하고, 대신해 줄 때가 많았다. 내가 그러면 그럴수록 아이 스스로 할 수 있는 일이 줄어들었다. 나중에는 자신이 할 수 있는 일도 나를 부를 때가 많았다. 그리고 같은 연령의 친구들보다 새로운 일에 도전하는 것을 두려워했다.

하지만 둘째는 달랐다. 큰아이를 키워본 경험 때문인지 돌 무렵부터 밥풀이 묻어도, 옷이 젖어도 대부분 본인이 하도록 그냥 내버려 뒀다. 그 결과 아이는 자연스럽게 새로운 일을 시도할 때 두려움이 아닌 흥미를 느꼈고, 즐거워했다. 간혹 실수를 하더라도 다시 시도하기를 여러 번 반복했다. 그리고 성공을 하면 무척 흡족해하는 모습을 보였다.

《부모 혁명 스크림프리》의 저자 핼 에드워드 렁켈은 가장 효과적인 교육 방법의 정의를 다음과 같이 말했다.

"고통 없이 아무것도 얻을 수 없다. 부모의 저항은 부질없는 것이다. 진정한 역설은 부모들이 자녀교육이라는 이름으로 자녀가 배울 기회를 빼앗고 있다는 것이다. 실수를 통해 배우는 것이 가장 효과 있는 교육 방법이다."

내가 어렸을 때만 해도 부모님은 수많은 일에 도전할 기회를 제공해 주셨다. 그 당시에는 먹고살기 바빠서 자식들을 지금처럼 밀착형으로 돌보지 못했다. 그것이 우리에게는 많은 것을 도전할 수 있는 기회가 되었다.

속도가 빨라지는 요즘 시대 부모가 어린 자녀를 양육하면서 가장 어려운 부분이 기다리는 것이지 아닐까 싶습니다. 요즘은 한두 명의 자녀를 보살피면서 밀착 육아를 하는 경우가 많습니다. 그러다 보니 성격이 급한 엄마들은 아이가 할 수 있는 일을 기다리지 못하고, 대신 해 주는 경우가 많습니다. 제 경우도 이 조급한 마음 때문에 큰아이에게 다양한 기회를 많이 제공해 주지 못했습니다. 그래서 그 시기를 생각하면 아쉬움이 많이 남습니다.

어린아이들은 놀이와 일상생활에서 실수를 많이 합니다. 그리고 그 실수를 통해 새로운 도전의 기회를 맛보게 됩니다. 성장 과정에서 이것은 자연스러운 현상이라고 어른들은 말합니다. 하지만 내 아이가 실수를 하면 수용하기 힘들어하는 사람들이 또 어른입니다.

실수가 마치 자신의 실수인 것처럼 아이들을 정죄합니다. 이런 분위기에서 성장한 아이가 어른이 되면 도전하는 일을 두려워하고, 다양한 인생의 굴곡 앞에서 좌절감을 쉽게 느낍니다. 이제는 부모인 우리가 먼저 아이의 실수를 겁내지 않고, 다양한 기회를 제공해 주고, 좀 더 멀리 바라봐 줄 수 있는 어른이 되면 좋겠습니다.

이제는 말을 점검할 때

말도 아름다운 꽃처럼 그 색깔을 지니고 있다.
－ E. 리스 －

"엄마!"

학교를 다녀온 딸의 표정이 시무룩했다.

"갔다 왔어? 그런데 표정이 왜 이렇게 안 좋아? 학교에
서 무슨 일 있었어?"
"오랜만에 친구들 만났는데 애들이 욕을 너무 많이 써
서 힘들었어."
"그렇구나. 마음이 많이 불편했겠네."

"문제는 내가 친해지고 싶은 친구도 욕을 써서 마음이 더 안 좋아."

딸이 초등학교 때 욕을 쓰지 않는 자신과는 달리 친구들이 아무렇지 않게 욕을 사용하는 것을 불편해했다. 무엇보다 자신에게 직접 쓰지 않아도 지나가면서 들은 욕이 기억에 남는 것이 싫다고 했다. 아이의 말을 듣고 보니 나 역시 고민스러웠다. 과거에는 욕이 격한 감정을 드러내는 어른들의 말로만 통용됐다. 하지만 언제부턴가 청소년과 초등학생 심지어 미취학 아이들까지 사용하는 일상어가 되어가고 있다는 사실이 안타까웠다. 이 시작이 어른들의 잘못된 말에서 빚어진 건 아닐까 생각된다.

아이와 대화를 마치고, 나는 자라면서 어떤 말을 많이 듣고 자랐는지 떠올려 보았다. 우리 부모님은 좋은 말과 함께 종종 미운 말도 하셨다. 특히 아버지는 욕은 잘 하지 않으셨지만 동생이나 언니들에게 '돌머리, 하지 마라, 너는 안된다'라는 차가운 말을 자주 하셨다. 그 말을 듣는 사람이 내가 아니었음에도 듣기가 불편했다. 반면에 엄마는 '고맙다, 힘들었지, 고생했다'라는 따뜻한 말을 많이 해주셨다. 매일 볼 수는 없었지만, 가끔 만나는 엄마에게 이런 말을 들을 때마다 기분이 좋았고, 내가 소중하다는 느낌을 받았다.

한국분노관리연구소 이서원 소장은 《말과 마음 사이》라는 자신의 저서에서 아들이 초등학교 1학년일 때 학교에서 아빠 재능기부로 강의를 하게 된 적이 있었다. 이서원 소장은 평소에 강의 대상이 어른이었기 때문에 이날 어린아이들에게 무엇을 말할까를 며칠씩 고민했다고 한다. 그러다가 부모님께 자주 들었던 말 중에서 냉장고 말과 보일러 말의 느낌으로 받았던 말을 아이들에게 적어보라고 했다.

그런데 놀랍게도 아이들은 따뜻한 보일러 말보다 '바보야, 이것도 몰라, 밥값도 못하는 녀석, 한심한 녀석, 겨우 이거야, 왜 머리가 안 돌아가'와 같은 냉장고 말을 훨씬 많이 적어서 놀랐다고 한다. 그만큼 평소 아이들이 부모님께 차가운 냉장고 말을 많이 들었다는 사실을 알 수 있었다.

대부분의 부모는 자녀들이 미운 말을 하면 하지 말라고 한다. 하지만 정작 자신은 습관적으로 차가운 말을 할 때가 있다. 자녀들의 말을 바꾸려면 부모가 먼저 말을 바꿔야 한다. 아이들이 가까운 부모님과 어른들에게 평소에 자주 듣고 싶어 하는 말이 있다. "사랑해, 고마워, 미안해, 잘했어, 괜찮아, 대단해, 멋지네."와 같은 따뜻한 말이다. 문제는 많은 가정에서 아이들이 이 말을 듣는 횟수가 그리 많지 않다는 것이다.

사람은 어떤 말을 듣고 자라느냐에 따라 인생이 많이 달라집니다. 사랑과 격려의 따뜻한 말을 많이 듣고 자란 사람은 좋은 성품의 사람으로 성장할 확률이 높습니다. 게다가 다른 사람들에게 자연스럽게 긍정어를 표현하고, 그들의 삶에 좋은 영향을 미치는 역할까지 합니다. 하지만 차가운 말을 많이 듣고 자란 사람은 자존감이 낮아서 새로운 일을 시도하는 일에서도 쉽게 상실감을 느끼는 경우가 많습니다.

욕을 자주 사용하는 아이들은 주위에 욕을 많이 쓰는 환경이 이미 만들어져 있을 확률이 높습니다. 가령 자주 만나는 친구들이라든가 아니면 가정에서 가족이 욕을 사용하는 경우가 그 예입니다. 사람은 일반적으로 들은 대로 말하고 본 대로 행동합니다. 특히 나이가 어리면 어릴수록 빠른 흡수력을 가지고 있습니다. 이제는 부모인 우리가 평소에 사용하는 말을 점검할 때입니다. 내가 일상에서 가족과 가까운 사람들에게 부담 없이 사용하는 말이 좋은 영향을 미치는 도구로 사용되는지, 상대를 해하는 흉기로 쓰이는지 돌아봐야 합니다.

결혼생활을 선순환으로 만드는 키워드

그의 사랑은 그녀의 존경을 끌어낸다.
그녀의 존경은 그의 사랑을 끌어낸다.
— 에머슨 에거리치 —

결혼이라는 글자가 낯설었던 그 시절, 나는 몇 년 후 내 삶에 드리워질 현실의 무게감을 전혀 예상하지 못했다. 연애는 반가웠지만, 결혼은 부담스러웠던 시기에 남편의 적극적인 구애를 받아들였다. 그때는 이 결정이 내 인생에 얼마나 큰 비중을 차지하게 될지 알지 못했다. 결혼 후에도 연애 때처럼 여전히 사랑을 채워 줄 거라 믿었던 남편을 향한 기대감은 결혼생활 3년이 지나면서 서서히 무너지기 시작했다. 남편과 나는 맞지 않는 톱니바

퀴처럼 점점 충돌하는 시간이 잦아졌다.

사소한 일에도 예민해져 말다툼을 하고, 서툰 감정 표현은 마음과는 다른 말을 하게 했다. 이런 시간의 반복은 서로를 향한 비난과 원망의 탑을 쌓아갔고, 마음에 상처를 내는 일에 에너지를 낭비했다. 둘째를 낳고 나와 남편의 정서적 결핍은 잦은 부부 싸움으로 번져갔다.

힘든 생활이 몇 년 동안 반복되자 점점 지쳐갔다. 육아도 힘들었고, 남편에게 기대했던 많은 정서적 지지에 구멍이 날 때마다 우울했다. 내가 왜 이 사람과 결혼을 했을까 하는 후회가 밀려왔다. 일상에서 자꾸 어긋나는 남편과의 갑갑한 생활의 패턴을 끊고 싶었다.

그 무렵 《그 여자가 간절히 바라는 사랑, 그 남자가 진심으로 원하는 존경》이라는 에머슨 에거리치의 저서를 만났다. 그는 목회 활동을 하면서 열 쌍 중 다섯 커플은 이혼 법정에서 만날 만큼 부부들의 고충이 심각하다는 걸 발견했다. 그러던 어느 날 에베소서 5장 33절의 '그러나 너희도 각각 자기의 아내 사랑하기를 자신같이 하고, 아내도 자기 남편을 존경하라'는 성경 구절을 통해 새로운 결혼 방정식을 발견하면서 위기에 빠진 많은 부부의 삶을 바꿔 놓았다. 에머슨 에거리치는 부부 사이에서 사랑과 존경이 얼마나 중요한지를 300페이지가 넘는 자신의 저서에서 다양하게 알려주고 있었다. 그중에 몇 개의 문장들이 눈에 들어왔다.

"자신이 존경받지 못한다고 느낄 때, 남편이 아내를 사랑하는 일은 더욱 어려워진다. 자신이 사랑받고 있지 않다고 느낄 때, 남편을 존경하는 일이 아내에게는 무거운 짐이 된다."

"사랑이 없으면 그녀는 존경 없이 반응한다. 존경이 없으면 그는 사랑 없이 반응한다. 이것이 오래도록 계속되면 '관계의 악순환'에 들어가는 것이다. 악순환을 통제하는 법을 배우지 않는다면 이것은 멈추지 않고 순환하며 악화된다."

"남편과 아내가 사랑과 존경이라는 기본적 필요를 만족하게 하는 법을 배운다면 부부는 악순환에서 빠져나올 수 있다."

책을 읽고 알게 된 사실을 실생활에서 적용해 봐야겠다고 생각했다. 내가 원하는 사랑이 당장 채워지지 않아도 남편에 대한 존경심을 가진다면 달라질 거라 여겼다. 비록 그에 대한 미움이 마음에 차 있었지만, 그에게 존경의 모습이 조금이라도 있을 거라는 기대를 안고 찾아보려고 했다. 하지만 그 당시 내 눈에는 그 모습이 보이지 않았다. 하나부터 열까지 마음에 들지 않는 남편의 모습만 눈에 들어왔다. 이런 생각을 하니 '나만 변한다고 달라질까?'라는 물음표와 함께 관계 개선을 위한 시도도 하지 않고 포기부터 했다. 그 이후 우리는 여전히 서로에게 불편한 존재로 몇 년을 보냈다.

작가의 노트

일반적인 사람들이 생각하는 사랑의 골인점은 결혼으로 이어집니다. 결혼을 통해 자신과 잘 맞는 배우자와 미래를 함께 설계하고 싶어 합니다. 하지만 많은 부부가 결혼생활에서 소통의 어려움을 느끼며 살아가는 것이 현실입니다. 여러 가지 이유가 있겠지만, 대다수의 부부를 보면 서로에게 필요한 행복 키워드를 적절하게 채워주지 못하는 것에서 문제가 시작됩니다. 그러다 보니 배우자에게 서운한 감정을 느끼게 됩니다.

모든 부부가 결혼생활의 선순환 도구로 사랑과 존경의 키워드를 쓰지는 않습니다. 아내가 존경을 원할 때도 있고, 남편이 사랑을 원할 때도 있습니다. 하지만 에머슨 에거리치가 자신의 저서에서 말한 것처럼 여자는 존경보다는 사랑을 더 원하고, 남자는 사랑보다 존경을 더 중요하게 여긴다는 사실을 보편적으로 받아들이고 있습니다.

행복한 결혼생활을 위해 부부가 함께 만족할 수 있는 키워드를 찾아가는 과정은 두 사람 모두에게 필요합니다. 그것이 사랑과 존경의 키워드라는 것을 알아차린 부부라면 결혼생활을 조금 더 순조롭게 이어갈 것입니다.

마음이 보내는 신호

무릇 지킬 만한 것보다 더욱 네 마음을 지키라

생명의 근원이 이에서 남이니라

— 잠언 4장23절 —

둘째가 태어나고 1년 뒤 맹장(충수염) 수술을 했다. 맹장이라고 하면 보통 급성으로 병원을 찾는 환자들이 많은데 나는 그 당시 만성이었다. 병원에서는 하루만 더 늦었다면 복막염으로 갈 정도로 위험한 상태라고 했다.

2주 전부터 오른쪽 아랫배가 아픈 걸 알았지만 시간이 지나면 나을 것이라는 생각으로 일상을 보냈다. 하지만 갈수록 통증이 심해져 결국 2009년 마지막 날을 하루 앞두고 병원 신세를 졌다. 의사는 염증이 생각보다 커서 놀랐다며 더 늦기 전에 발견돼서 다행이라고 했다. 의사의 말을 들으니 안심이 됐다. 수술을 마치고 일반 병동으로 옮기고 나서 몇 시간 전과는 다른 공간에서 나만이 누릴 수 있는 특식과 같은 시간이 제공됐다.

조용한 병실 침상에 누워 어제까지 있었던 일상을 떠올려 보았다. 집에서 가장 일찍 아침을 시작해 가족의 하루를 돕고 있는 내가 보였다. 남편을 출근시키고 큰아이를 어린이집에 등원시키고 나면 둘째 아이와 반나절을 보냈다. 먹이고, 입히고, 씻기고 매일 반복되는 엄마들의 일이었지만, 그 당시에는 세상에서 제일 바쁜 엄마가 된 듯했다. 그 와중에 몸이 보내는 통증의 신호는 계속 보류되고 있었던 것이다. 그날의 일을 떠올리자 만성 맹장과 사람의 마음이 비슷하다고 느껴졌다. 만성 맹장은 염증이 서서히 차오르는 동안 일상에서 불편을 크게 느끼지 못한다. 어느 정도 시간이 지나 위험한 상황까지 가서야 염증을 제거하거나 심각한 복막염 상태로 병원을 찾는 경우가 많다.

몸이 보내는 신호는 그나마 다행이다. 통증이 느껴지면 치료를 받을 수 있다. 하지만 마음이 보내는 신호는 그렇지 못할 때가 많다. 초기에 시작된 마음의 염증은 느끼지 못할 뿐 아니라 시간이 지나면 오히려 무뎌지기까지 한다. 하지만 문제는 마음의 염증이 몸의 통증으로 신호를 보내올 때다. 여기서 마음의 염증은 내면에서 일어나는 부정적인 감정이라 할 수 있다. 마음의 염증은 평소에 잘 관리해 주면 좋겠지만, 자신이 관심을 가지고 인식하지 않으면 잘 드러나지 않는다.

마음의 염증이 통증으로 이어졌을 때 해결하는 방법은 사람마다 다양하다. 긍정적인 방법을 선택하는 사람들은 책이나 강의와 같은 좋은 영양제를 정기적으로 먹거나 전문가의 도움을 받는다. 반면에 그렇지 못한 사람들은 과음이나 담배와 같이 건강을 해칠 수 있는 것을 먹으며 불편한 상황을 외면하려고 한다. 하지만 이것은 오히려 몸의 통증을 만들어 버리는 결과를 가져온다.

겉으로 볼 때는 아무 일 없어 보이는 사람도 마음은 그렇지 않을 때가 많다. 이런 사람들의 공통점은 참는 것에 익숙해져 있다는 것이다. 마음은 힘들다고 신호를 보내는데 정작 자신은 괜찮다고 말한다. 그런데 시간이 지나 어느 순간 마음도, 몸도 더 이상 버틸 수 없을 때에는 두 가지다 무너져 버린 자신을 발견하게 된다. 우리는 평소에 마음이 보내는 신호를 잘 감지할 수 있어야 한다. 자신이 화가 나는지, 우울한지 그 원인은 어디에서 시작되었는지 미리 알게 되면 마음과 몸, 두 가지 건강을 다 지킬 수 있다.

감정의 주인이 되려면

인간을 만드는 것이 이성이라면
인간을 이끄는 것은 감정이다.
– 프랑스 명언 –

사람은 변한다? 변하지 않는다? 나는 몇 년 전까지만 해도 이 두 가지 물음에 답으로 후자를 고집했던 사람이었다. '사람은 안 변해. 타고난 성격인데 어떻게 변해!'라는 고정관념이 어느 때는 나와 타인을 평가하는 기준이 됐다. 특히 성격이 내 마음에 들지 않는 사람은 처음부터 그런 사람이었던 것처럼 바라볼 때가 많았다. 하지만 어느 순간부터 사람은 스스로 긍정적인 변화를 갈구하고, 변화에 대한 강한 의지만 있다면 변할 수 있다는 생각으로 바뀌어갔다.

　스스로 변하지 않는 사람으로 나를 평가하며 보냈던 결혼생활에서 나는 온전히 내 감정의 주인이 되어 본 적이 없었다. 불편한 상황에 대해서 직설적으로 화를 내거나, 분에 못 이겨 종일 부정적인 감정을 끌어안고 지내던 일이 많았다. 그러고 나면 기분이 회복되지 못한 상태로 일상을 마주해야 했다. 반복되는 감정의 오물들은 아이들을 키우면서 뒤범벅이 됐다. 특히 딸과 감정적으로 부딪히는 날에는 감정의 밑바닥이 다 드러났다.

　딸은 영유아 때부터 에너지가 남달랐던 아이였다. 평소에 자기주장도 강하고, 짜증스러운 감정이 널을 뛸 때마다 불을 품고 있는 아이처럼 일상에서 분노를 터트리기 일쑤였다. 하지만 아이의 성향과는 다르게 나는 에너지가 많이 부족한 엄마였다. 이런 나와 다른 성향을 가진 딸의 모습을 보며 주변에서는 '아들 둘 키우는 기분이겠다, ○○이가 내 딸이면 나는 감당이 안 될 것 같다'라는 말을 자주 했다. 이 말을 들을 때마다 에너지가 넘치는 딸을 키우는 내가 마치 죄인이 된 것 같았다.

초등학교 저학년 때는 나와 신경전을 벌이는 날이 많았다. 학교를 가기 위해 전날 저녁에 준비해 둔 옷이 마음에 들지 않는다며 다른 옷을 찾느라 학교를 지각하는 일이 자주 있었다. 저녁에 조금이라도 늦게 자는 날에는 다음 날 아침에 입혀놓은 옷조차 막무가내로 벗고는 학교를 가지 않겠다고 떼를 쓸 때가 한두 번이 아니었다.

나는 그럴 때마다 내 감정의 쓰레기통을 엎어버린 채 아이에게 미친 듯이 소리치고 사정없이 때렸다. 정말 그 순간에는 아이를 죽일듯한 살기가 내 안에 있다고 생각할 정도로 좀처럼 화를 가라앉히기가 쉽지 않았다.

딸은 그럴 때마다 겁에 질려 울면서 "엄마, 죄송해요. 잘못했어요."라고 말하며 무릎을 꿇고 빌었다. 아침에 한바탕 전쟁을 치르고 아이를 학교로 보내고 나면 하루 종일 기분이 좋지 않았다. 아이에게 했던 행동이 떠올라 죄책감에 혼자 울다가 하교하는 딸을 맞이하는 게 너무 괴로웠다. 딸과 나는 이런 시간을 근 2년 가까이 반복하면서 서로에게 깊은 상처를 만들어갔다. 이때는 내가 남편과도 많이 부딪히던 시기였다. 결혼생활 동안 내 감정과 기분이 제대로 수용 받지 못한다는 생각이 자주 들었다. 그리고 내가 하는 대부분의 말에 공감을 얻지 못한다고 느껴질 때마다 힘들었다. 이런 이유로 남편에게 더 화를 냈다.

이 시기에 딸도 나와 같은 마음을 가지고 있었다는 걸 나중에야 알게 됐다. 자신의 불편한 마음이 엄마라는 존재로부터 온전히 공감받지 못하는 경험을 하면서 내면 깊이 분노를 쌓아갔던 것이다.

"엄마, 난 다시 태어나도 꼭 엄마 딸로 태어날 거야. 엄마가 내 엄마여서 너무 좋아."

딸이 초등학교 고학년이 되었을 때 이 말을 나에게 해줬다. 그때 참 마음이 먹먹했다.

'내가 이런 말을 들을 자격이 있나? 그 시기에 받은 상

처가 컸을 텐데, 다 잊어버렸나?'

그날 밤 여전히 나를 사랑해 주는 딸의 말에 벅차서, 그리고 미안해서 쉽게 잠이 오지 않았다. 이 변화는 나와 아이의 감정에 대한 공감과 수용의 결과물이었다. 어느 날부터 내가 내 감정의 주인이 되려고 노력하자 어린 시절 아파했던 내 안에 아이의 마음도, 딸의 지난날의 아픔도, 현재의 내 감정도 조금씩 보이는 듯했다.

"성숙한 사람은 행복의 열쇠를 절대 남에게 넘기지 않는다. 행복은 다른 사람이 아닌 바로 자신의 내면에서 시작된다는 사실을 잘 알기 때문이다. 그래서 이들은 남이 자신을 행복하게 해주기를 기대하지 않고 스스로 행복해짐으로써 주변까지도 행복하게 만든다."

― 장샤오헝의 《느리게 더 느리게》 중에서 ―

같이 또 따로 행복하기

행복이란 자신에 국한되지 않은 다른 무언가를
사랑하는 데에서 싹트는 것이다.
― 윌리엄 조지 조던 ―

　어린 시절 아버지와 두 어머니의 삶은 이상해 보이지
않았다. 아버지는 당신의 자리에서, 두 분의 어머니는 서
로 다른 공간에서 각자의 자리를 지키며 열심히 사셨다.
하지만 내가 나이가 차고 성인이 되면서 세 분의 삶이
일반적인 가정의 모습과는 다르다는 게 보였다.
　아버지가 큰어머니와 정혼을 하시고, 다시 엄마를 만
나 나와 두 동생을 낳아 기르시면서 두 집 살림을 어떻
게 할 수 있었을까 하는 의문이 들어 아버지의 그동안의

삶이 새삼 궁금해졌다. 나는 이 궁금증의 해답을 결혼하고 두 아이를 키우면서 알게 됐다. 왜 아버지가 한 명의 아내만 선택할 수 없었는지, 왜 남들의 불편한 시선에도 불구하고 두 가정을 지키려고 하셨는지.

그것은 혈육으로 연결된 가족에 대한 책임감 때문이었다. 이 사실이 당연하지만 당연하지 않을 수 있다는 것을 알게 된 그때부터 나는 아버지에게서 인간의 존엄함을 느꼈다. 세 분의 부모님은 어려운 가운데서도 늘 각자의 자리에서 자식들의 아름드리나무가 되어주셨다. 덕분에 나는 결혼 적령기가 되어갈 무렵 선명하게 한 문장이 새겨졌다.

'만약 결혼을 하면 이혼은 절대 하지 말자.'

이 결심 덕분이었을까? 결혼 후 아이들을 키우면서 아무리 어렵고 힘들어도 부모님이 가정을 지켜내셨던 것처럼 나 역시도 그래야 한다는 마음이 컸다. 하지만 나의 이런 다짐과는 다르게 이혼을 고려해야 했던 일들이 일상에서 틈틈이 찾아왔다.

결혼생활 동안 우리 부부가 겪어야 하는 소통의 어려움은 생각보다 심각했다. 서로가 원하는 이상형에서 점점 멀어져 간다는 사실을 알게 되자 실망감이 갈수록 깊어졌다. 그러다 보니 남편과의 대화는 다툼으로 끝날 때가 많았다. 이런 반복은 답답한 일상과 서로의 감정에 상처를 입히는 일로 연결됐다. 그 시기에 나는 사방이 다 막혀있는 상자 안에 갇힌 듯했고, 하루빨리 탈출구를 찾지 않으면 숨이 멎을 것만 같았다.

그 무렵 위기의 부부를 돕기 위해 방영됐던 '부부가 달라졌어요'라는 프로를 우연히 보게 됐다. 방송을 보는 내내 '나도 도움을 받고 싶다'는 마음이 간절하게 밀려왔다. 몇 주간 고민 끝에 용기를 내어 방송국에 사연을 보냈다. 며칠 후 연락이 왔다. 남편과 나를 상담하기 위해 제작진 몇 분이 집으로 직접 와주셨다. 몇 분씩 영상을 찍으며 개인 상담이 진행됐다. 그리고 전문상담사분들이 영상을 보고 선별 후 연락을 주겠다고 했다. 그 후 2주를 기다려 연락을 받았다.

"죄송하지만 두 분의 사연은 이번에 채택이 되지 않았습니다. 상담사님들은 두 분의 문제가 서로 조금만 배려하고 대화한다면 잘 해결될 거라고 하셨습니다. 그리고 두 분보다 이혼 위기에 가까운 가정을 먼저 도와줘야 한다고 전해왔습니다."

절망스러웠다. 큰 용기를 내어 어렵게 도움을 청했는데 거절을 당하다니, 지푸라기라도 잡고 싶었던 손에 힘이 풀리는 것 같았다. 지금은 그때의 일이 하나의 에피소드가 됐지만 그 당시에 나는 무척 심각한 상태였다.

이후 몇 년 전 남편이 사기를 당했을 때 다시 한번 이혼을 고려해야 할 고비가 찾아왔다. 남편은 내가 세워둔 이혼의 세 가지 조건 도박, 외도, 폭행 중 도박과 비슷한 사고를 치고 말았다.(이 일의 자세한 내막은 4장에 풀어놓았다) 그래서 이 문제를 안고 며칠 동안 고민했다. 하지만 이번에도 이혼을 현실로 옮길 용기가 없었다. 그것은 아이들에게 너무 아픈 기억을 심어줄 것 같은 이유와 부모님의 마음을 아프게 할 것 같은 이유였다.

작가의 노트

시간이 갈수록 이혼율이 높아집니다. 우리 부모님 세대는 자식들 때문에 억지로 참고 살았던 세대였습니다. 하지만 지금은 서로 뜻이 잘 통한다고 생각해서 부부가 된 커플들이 다양한 이유로 졸혼이나 이혼을 선택하는 것을 봅니다. 이들의 이혼 이후 저는 두 가지 모습을 보았습니다. 서로 각자의 자리로 돌아간 후 삶 전체가 흔들려서 어려운 시간을 보내는 이들이 있는가 하면, 다시 찾은 자신만의 시간을 소중히 여기며 삶을 개척하는 이들이 있었습니다. 저는 이제 이들 두 부류의 사람들을 모두 이해할 수 있게 됐습니다.

결혼 초의 다짐들이 일상에서 흔들릴 때마다 들었던 생각은 남녀의 결혼과 이혼의 여부가 자신의 행복을 모두 결정해 주는 것이 아니라는 것이었습니다. 결혼을 해도 저처럼 오랜 시간 외로운 사람이 있는가 하면, 이혼을 하고 더 행복한 시간을 보내는 사람들이 있었기 때문입니다.

부부가 같은 공간에 있어도 외로울 수 있고, 따로 있어도 행복할 수 있습니다. 부부의 사랑을 결정짓는 것은 공간의 여부보다 두 사람의 마음의 거리가 더 비중을 차지한다고 생각합니다. 그렇다고 별거와 이혼을 지향한다는 말은 아닙니다. 제가 전달하고자 하는 의미는 두 사람의 마음이 더 중요하다는 뜻입니다. 무엇보다 진정한 행복은 현재 자신에게 주어진 삶을 어떻게 살아가느냐입니다.

예고 없이 찾아오는 삶의 이변

고통은 성장의 법칙이요.
우리의 인격은 이 세계의 폭풍우와 긴장 속에서
만들어지는 것이다.
— 마더 테레사 —

몇 년 전부터 갑상선과 유방 쪽에 혹이 여러 개가 생기면서 6개월 간격으로 정기검진을 받고 있었다. 그날도 다른 때와 같이 검진 시기가 되어 병원을 내원했다. 그런데 검사 결과에서 혹의 모양이 이상하다는 말을 들었다. 순간 가슴이 내려앉았다. 의사 선생님은 좀 더 큰 병원으로 가서 자세하게 검사를 받아보라고 소견서를 써주셨다. 소견서를 받고 다른 병원으로 가는 내내 마음이 복잡했다. 하지만 가장 빠른 요일로 예약을 잡고 큰 병원에서 다시 진료를 받았다. 그곳에서도 같은 이야기를 들었다. 담당 의사는 조직 검사를 받아보자고 했다. 불안했다. 하지만 최대한 마음을 안정시키고 검사 날짜를 예약했다. 그리고 일주일 후에 검사를 받았다.

나는 병원을 가기 전에 나와 같은 이유로 병원을 내원했던 사람들의 경험을 검색했다. 그들은 대부분 혼자 병원을 갔다고 했다. 그래서 나도 잘하고 올 거라 믿고 혼자 갔다. 그런데 그렇지 않았다. 얼마나 긴장을 하고, 불안해했는지 지혈을 하는 동안 식은땀이 나고, 어지러움을 호소하면서 쇼크 상태까지 갈 뻔했다.

조직 검사 결과를 기다리는 열흘 동안 머릿속에는 온갖 생각들이 몰려왔다. 어느 날은 심각하게 초조했다가, 어느 날은 태연한 척하다가를 반복하며 결과가 나오기만을 기다렸다. 그날은 동생이 동행해 주었다. 결과를 듣는 그 짧은 시긴 동안 나는 천국과 지옥의 중간지점에 서 있는 것 같았다. 다행히 검사 결과는 양성이었다. 그

순간 의사 선생님께 "감사합니다."라는 말을 몇 번이나 했는지 모른다. 나는 이 일을 계기로 내 삶에 일어나는 많은 일을 더 감사하며 살아야겠다고 다짐했다.

평범하게 살아가는 하루를 소중히 여기고, 매일 함께 할 수 있는 가족이 곁에 있다는 것에 감사했다. 그리고 건강할 때 건강을 지키는 것이 얼마나 소중한 일인지, 또 일상에서 예고 없이 찾아오는 일을 마주할 때 마음을 단단하게 지키는 것이 얼마나 필요한지도 새삼 느꼈다.

몸의 병은 마음에서 시작되는 경우가 많다. 조직 검사를 받기 몇 달 전 가정에 어려운 일이 찾아왔다. 너무 갑작스러워서 상당히 큰 충격을 받았다. 그간에 단단하게 지켜왔던 마음도 흔들렸다. 그 일로 인해 마음 관리를 잘하지 못한 탓에 몸으로 병이 온 것이었다.

우리 삶은 일기예보처럼 미리 대비할 수 있는 방송을 듣지 못합니다. 그래서 갑자기 찾아오는 일을 예고 없이 맞닥뜨릴 때가 많습니다. 이럴 때 조금의 위안을 얻을 수 있는 건 나 혼자만 이런 일을 겪는 것이 아니라는 것을 알아채는 것입니다. 그리고 삶의 이변을 잘 대처하기 위해서는 평소에 마음을 잘 관리해야 합니다. 마음이 단단한 사람은 일상에서 일어나는 일을 가능한 한 긍정적으로 해석하려고 노력합니다. 그리고 그 일에 감사를 더해 뜻하지 않은 좋은 일을 만나기도 합니다.

《하워드의 선물》에 등장하는 하워드와 에릭의 대화에서 우리는 삶의 균형을 잃지 않기 위한 방법을 한 가지 배울 수 있습니다.

"주변이 아무리 산만하고 상황이 시시각각 바뀌더라도 날카로운 균형감각을 유지한 채 용기 있게 한발 한발 내디뎌야 해. 그것도 계속해서 저글링을 하면서 말이야. 인생에 걸친 도전이란 바로 그런 거야."

한숨 대신 건강한 심호흡을

얼마 전 남편으로 인해 감정이 상하는 일이 있었다. 이유는 남편의 한숨 때문이었다. 남편은 자신의 마음에 들지 않는 가족의 행동을 볼 때마다 한숨을 쉬고 고개를 좌우로 흔드는 습관을 가지고 있었다. 나와 아이들은 남편의 이런 행동을 볼 때마다 '한심하기는'이라는 의미가 전해져 상당히 불쾌감을 느꼈다.

남편의 이런 습관은 나와 아이들에게 스트레스를 줬다. 특히 사춘기 두 아이 중 딸은 아빠의 한숨을 더 불편해했다.

"엄마, 아빠 방금 전에도 한숨 쉬셨어요. 아빠는 불편한 부분은 말씀은 안 하시고 '에~휴' 하면서 왜 한숨을 쉬시는 거예요?"

이 말은 딸아이에게 언제부턴가 자주 듣는 말이 됐다. 그러다가 며칠 전에는 도저히 안 되겠다는 생각에 마음을 먹고 남편에게 한숨 좀 그만 쉬라고 말했다. 남편은 기분이 상했는지 아무 말도 반응도 하지 않았다. 그래서 몇 번 더 얘기했더니 버럭 화를 냈다.

"알았다고 안 하면 되잖아." 이건 뭐 방귀 뀐 놈이 성내는 꼴이었다. 순간 나도 감정이 상해 버렸다. 자신이 매일 수차례 쉬는 한숨이 가족들에게 얼마나 스트레스를 주는지 인식하지 못하는 남편을 보면서 너무 답답했다. 남편의 한마디에 나도 화가 나서 자리에서 쌩하니 일어나 버렸다.

다음날 '한숨'에 대한 정보들을 검색해 보았다.

"한숨을 쉬는 사람은 이미 필요 이상의 스트레스를 받아 몸의 교

감신경이 흥분된 상태일 확률이 높다. 자연스럽게 나오는 한숨
은 부정적인 감정을 드러냄으로 인해 스트레스를 줄이고, 신체
의 긴장을 해소하는 역할을 한다. 하지만 한숨이 습관화되는 것
은 경계해야 한다. 습관적인 한숨은 스트레스 해소가 아니라 부
정적 감정을 주변 사람에게 전염시켜 타인과의 유대관계에도 악
영향을 미치기 쉽기 때문이다."

　　ー 디지틀조선일보 〈한숨이 건강한 습관이라고?〉 중에서 ー

　한숨에 대한 정의를 보면서 저절로 고개가 끄덕여졌
다. 한숨이 구체적으로 자신과 타인에게 어떤 영향을 미
치는지 처음으로 알았다. 그리고 남편의 일상에서 무심
하게 지나쳤던 심리상태를 체크해 볼 수 있는 기회가 됐
고, 왜 나와 아이들이 힘들어했는지 이해할 수 있었다.

저는 위의 정보들을 알고 나서 '한숨'의 장단점에 대해 먼저 확인하지 못하고, 남편에게 '하지 말라'고 일방적으로 요구했던 일을 미안해했습니다. 그의 한숨 속에는 이미 상당한 양의 스트레스가 차 있었는데 제가 미쳐 그 부분을 발견하지 못했던 것입니다. 남편은 코로나가 시작되고 근 2년 가까이 좋아하는 운동도 마음껏 하지 못하고, 직장과 집으로 출퇴근만 하는 답답한 시간을 보냈습니다.(물론 그 시기에 답답함을 느낀 건 남편뿐만이 아니었을 것입니다.) 그러다 보니 남편은 갑갑한 일상을 몸으로 표현한 것이었습니다. 앞으로 남편의 한숨이 건강을 위해 필요한 심호흡으로 바뀔 수 있도록 제가 조금 더 신경을 써야겠습니다.

감정의 소화불량

마음은 빈 상자와 같다. 보석을 담으면 보물 상자가 되고,
쓰레기를 담으면 쓰레기 상자가 된다.
— 양광모 —

 음식을 먹을 때 기분이 좋으면 소화가 잘 된다. 하지만 기분이 좋지 않거나 신경을 쓰는 일이 많을 때는 소화불량을 만난다. 나는 사람의 감정이 소화기관에 직접적인 영향을 미친다는 사실을 몇 년 전 작은 회사에 다니면서 더 체감할 수 있었다.

 인천으로 이사를 온 뒤 6개월간 개인 사무실에서 근무한 일이 있었다. 이력서를 들고 면접을 보러 갔을 때 사장님과 부장님, 여직원 한 명이 근무하고 있었다. 사장님

은 지금 여직원이 사정이 있어서 이번 달 말일까지만 근무하고 퇴사를 하게 되어 급하게 사람을 알아보고 있었다고 말했다.

사장님은 내 이력서의 경력이 마음에 드셨는지 다음 주부터 출근해 줄 수 있냐고 물었다. 나는 이력서를 넣은 다른 곳에서 몇 주간 연락이 없었던 터라 바로 수락을 했다. 인수인계를 해준 여직원은 일주일 정도 업무를 알려주고 그만두었다. 직원이 퇴사한 뒤 한두 달은 별일 없이 지냈다. 하지만 시간이 갈수록 사무실 분위기가 이상했다. 내가 근무한지 얼마 되지 않아 부장님까지 그만두자 사장님 표정이 더 어두워졌다. 무엇보다 회사의 재정 상태가 심각했다.

회사는 몇 년 전까지만 해도 이 지역의 같은 업종에 종사하는 다른 사업체보다 크게 운영되고 있었다. 회사가 번창할 때는 하루에 현찰로만 천만 원 이상의 거래가 이루어질 만큼 급성장을 했다. 그 시기에 사장님은 고가의 차를 타고, 다른 업체 사장님들과 골프를 치러 다니거나 여행을 다닐 만큼 여유로운 생활을 즐겼다. 하지만 IMF가 터지고 나자 서서히 회사는 기울었고, 결국은 파산까지 갈 정도로 상황이 좋지 않았다. 사장님은 부장님이 퇴사 후 자신이 모든 일을 감당하면서 받게 된 스트레스를 남아 있는 직원인 나에게 고스란히 흘려보냈다. 장부에 줄 하나 긋는 것도 일일이 체크했고, 일이 없을 때 책을 보는 것도 눈치를 줬다.

한 번은 업무에 착오가 생겨 오전 내내 사장님께 쓴소리를 들었다. 매일 회사 옆 식당에서 점심을 같이 먹었는데 그날은 밥을 먹고 싶지 않았다. 하지만 나는 아무렇지 않은 척했다. 그런데 결국 그날 오후부터 저녁까지 계속 속이 불편해서 아무것도 먹지 못했다.

그날 이후 직장에 가면 먹는 것마다 소화가 되지 않아 소화제를 매일 가지고 다녔다. 시간이 갈수록 사장님은 상태가 심각해져 갔다. 결국, 나도 6개월만 버티고 퇴사를 하고 말았다. 그리고 몇 개월 뒤 회사가 폐업했다는 소식이 들려왔다. 그곳에서 근무했던 짧은 기간 동안 내가 받은 스트레스는 상당히 컸다. 상사가 불편해지기 시작한 그날부터 직장 출근은 감옥이었고, 매일 사장님의 얼굴을 봐야 하는 것이 곤욕스러웠다.

지금 돌아보면 그 시기에 사장님도, 나도 서로의 감정 처리에 무척 미숙한 사람들이었다. 사장님은 윗사람이니까 아랫사람인 직원에게 여과 없이 자신의 감정을 드러냈고, 나는 내성적인 성격인 데다 직원이어서 하고 싶은 말도 못 하고 참기만 했던 것이다. 그 결과 둘 다 감정의 소화불량 상태를 제대로 해결하지 못한 채 시간을 보냈던 것이다.

작가의 노트

저는 그때의 일을 통해 감정과 음식이 비슷하다는 생각이 들었습니다. 좋은 음식이 좋은 에너지를 만들어 내고, 해로운 음식이 건강을 해치는 것처럼 감정도 그렇습니다.

좋은 감정은 먹으면 먹을수록 기분이 좋아집니다. 그리고 자신의 삶의 행복지수를 올려주기도 하고, 다른 사람들에게 좋은 영향을 미치기도 합니다. 하지만 해로운 감정이 마음에 들어오면 몸도 마음도 체하게 됩니다. 음식으로 체할 때 우리는 일반적으로 소화제를 찾습니다. 몸을 위한 소화제는 가까운 약국에서 쉽게 구할 수 있지만, 마음을 위한 소화제는 사람과 상황마다 다르게 처방됩니다. 누군가에게는 공감과 위로가 되기도 하고, 또 누군가에게는 문제 해결을 위한 직접적인 도움이 되기도 합니다.

살다 보면 관계 안에서 감정적으로 부딪히는 경우가 의외로 많습니다. 그럴 때 감정의 소화불량 상태가 오래가지 않도록 나에게 맞는 소화제를 찾아서 복용해야 합니다.

변화의 시작은 말에서부터

두 아이가 에너지 넘치던 시기에 남편과 내가 가장 많이 했던 말은 "안돼!", "하지마!"였다. 유아기 시기 호기심이 많은 아이들에게 세상은 신비로움 그 자체인데 나는 그것을 마음껏 탐색하도록 허락하지 못했다. 혹시나 '다치면 어떡하지, 실수하면 어떡하지' 하는 미숙한 엄마의 불안이 더 컸다. 예측할 수 없는 아이들의 행동을 볼 때마다 '안돼, 하지 마'라는 말을 습관적으로 사용했다. 마치 그것이 자식들의 안전을 위해 최선을 다하는 바람직한 엄마인 것처럼. 그때를 생각하면 아이들에게 많이 미안하다.

20년 전만 해도 말에 대한 중요성을 언급한 책이 시중에 많이 나오지 않았다. 그래서인지 나 역시도 말의 중요성을 깨닫게 된 지 얼마 되지 않았다. 책을 통해 '당신의 지금의 삶은 과거에 당신의 말의 결과'라는 것을 알게 되면서 언어습관을 바꿔야겠다고 생각했다. 그래서 부정적인 말은 긍정적인 말로, 공격적인 말은 좀 더 정화된 말로 바꿔서 사용하려고 노력했다.

《행운을 부르는 마법의 말의 비밀》의 저자 이쓰카이치 쓰요시는 이스라엘을 여행 중 어느 할머니와의 만남을 통해 말의 중요성을 깨닫고 자신의 삶이 바뀌게 된 일을 책에 담아 두었다. 아래는 할머니가 저자에게 한 말이다.

"나쁜 일이 생기면 안 좋은 생각을 하게 되잖아. 그러면 또다시 나쁜 일이 생기게 마련이지. 불행은 항상 겹쳐서 일어나는 법이니까. 하지만 그럴 때 '고맙습니다'라고 말하면 불행의 사슬이 끊어진단다. (중략) 아직 일어나지도 않은 미래에 대해서 '이루어져서 감사합니다'라고 미래를 상상하면서 말하면 정말 이루어진단다. 아무런 의심도 불안도 걱정도 하지 않고 진심으로 네가 그렇게 믿는다면….'"

저자는 할머니의 말을 염두에 두고 일상에서 실천하기 시작했다. 화가 날 때는 "고맙습니다"라고 말하고, 좋은 일이 생기면 "감사합니다"라고 진심을 담아 말하는 것을 몇 개월 동안 의식적으로 실천했다. 그 결과 일상에서 분노가 사라지는 놀라운 경험을 했다. 그리고 그는 다음과 같이 말했다.

"모든 일에 감사하는 마음이야말로 행복의 원천입니다. 그런 의미에서도 감사의 말은 만능이며 최고의 마법의 말이라고 할 수 있습니다. (중략) 또 말에는 생명력이 있고, 말하면 말하는 대로 이루어질 가능성이 높습니다."

이 책을 읽고 저자의 경험을 나도 체험하고 싶어서 일상에서 의식적으로 연습했다. 좋은 일이 있을 때는 "감사합니다", 나쁜 일이 있을 때는 "고맙습니다", 미래에 대해서는 "소원이 이루어져서 감사합니다"라고 말했다. 처음에는 무척 어색했다. 마치 나와 어울리지 않는 옷을 입은 것 같았지만 자주 말했다. 가정에서는 가족들에게 말해 주었고, 혼자 있을 때는 계속 마음으로 반복했다. 그런데 놀랍게도 몇 주가 지나자 효과가 나타나기 시작했다. 예전에는 같은 상황에서 불편한 감정으로 반응했던 내가 그때와는 다른 긍정적인 반응을 보이는 날이 많았다. 이 경험은 무척 신선했다. 이 경험을 기억하고 요즘도 자주 사용하려고 노력하고 있다.

작가의 노트

아이들이 어렸을 때 제가 이 책을 만났더라면 그때 사용했던 부정적인 말을 줄였을지 모릅니다. 대부분 첫아이를 키우는 엄마들의 실수가 말에서 시작됩니다. 만약 여러분의 아이가 영·유아기 시기를 지나고 있다면 "사랑해, 고마워, 괜찮아"와 같은 좋은 말을 많이 들려주기를 바랍니다.

말은 사람만이 가진 특별한 도구인 동시에 흉기이기도 합니다. 말이 사람을 회복시키기도 하고, 나락으로 떨어뜨리기도 하기 때문이지요. "말한마디에 천 냥 빚을 갚는다"라는 속담을 보아도 알 수 있듯이 예부터 우리 조상들도 말의 중요성을 많이 강조했습니다. 그만큼 말이 우리 삶에 미치는 영향이 크다는 것을 알 수 있습니다.

인생의 변화는 말의 변화로부터 시작된다고 해도 과언이 아닙니다. 하지만 말이라는 것이 오래전부터 몸에 길들여 있어서 고치기가 여간 어려운 것이 아닙니다. 그래서 별도의 노력이 필요하고, 그 노력을 위한 또다른 인식이 필요합니다. 여기에 자신의 의지와 반복적인 실천이 따라줄 때 변화가 일어납니다.

내 마음의 삶을
기록하는 시간

; 갑자기 눈물이 쏟아지려 할 때

3장

불청객을 친구로 만들다

질병은 인생을 깨닫게 하는 훌륭한 교사다.

— W.NL. 영안 —

생각하지 않았던 일이 일상에서 일어나고, 몸 일부에 좋지 않은 변화를 발견할 때 대부분의 사람들은 현실을 부인하고 싶어 한다. 드라마에 나올 만한 이야기가 내 이야기가 된다면 더욱 그렇다. 그런데 그런 일이 몇 년 전에 나에게 찾아왔다. 원인을 알 수 없는 종양이 언제부터인가 내 머리에 소리 없이 자리를 틀고 자라고 있었다. 다행히 이 친구는 뇌수막종이라는 착한 양성 뇌종양이었다.

초청하지 않았던 친구를 처음에는 불청객으로 여겼다.

하지만 지금은 나와 동고동락하며 내 몸의 일부가 되어 살아가고 있다. 매년 정기검진으로 친구의 건강 상태를 체크해 주고 있다. 아직까지는 착한 모양으로 자신의 자리에 얌전히 있어줘서 고맙다. 완전히 사라져주면 좋겠지만, 말썽을 피우지 않는 것만으로도 감사하다.

가을이 되면 그날의 일이 어제 일처럼 선명하게 떠오른다. 2017년 11월 어느 날 남편과 아이들을 직장과 학교로 보내고 여느 때처럼 집안일을 마치고 점심을 먹었다. 그런데 갑자기 구토 증상과 함께 두통과 어지러움이 느껴졌다. 두통은 평소에 피로 때문이라고 여기고 간간이 두통약만 복용하고 있었다. 그런데 그날 세 가지 증상이 한꺼번에 몰려오자 뭔가 이상하다는 생각이 들었다. 서둘러 옷을 입고 집에서 가까운 병원으로 갔다. 나는 증상을 확인하기 위해 여러 가지 검사를 받았다. 다음날 검사 결과를 듣기 위해 병원을 갔을 때 담당 의사는 남편과 같이 결과를 들으러 오라고 했다. 순간 나는 '뭔가 있구나!' 하는 생각에 덜컥 겁이 났다.

점심시간이 지나 남편이 조퇴를 하고 병원으로 왔을 때 결과를 들을 수 있었다. "뇌종양입니다. 다행히 사이즈가 크지 않고 위치나 모양으로 봤을 때 양성 종양일 가능성이 높습니다. 큰 병원으로 가서서 다시 한번 정밀 검사를 받아보시는 게 좋겠습니다." 남편과 나는 진료실에서 나온 뒤 몇 분 동안 의자에 멍하니 앉아 있었다. 조금 전에 들은 이야기로 각자 생각이 복잡해 있었다. 남편의 침울한 표정과 함께 침묵이 흘렀다. 나는 어색한 침묵을 깨고 싶어서 "괜찮을 거야. 다행히 양성이고, 수술하면 경과도 좋다고 하니까 우리 걱정하지 말자. 다 잘 될 거야."라고 남편에게 덤덤하게 말했다. 하지만 다음날은 어제와는 다른 묵직한 마음이 내 안에 밀려왔다.

'내가 왜? 말도 안 돼. 내가 왜 뇌종양인데 왜?'
불편한 감정이 올라오면서 눈물이 쏟아졌다. 그동안 건강만은 자부했던 나였기에 이 사실을 받아들이기가 쉽지 않았다. 비록 양성일 가능성과 예후가 좋을 거라는 말은 들었지만 두려웠다. 지금까지 열심히 살아온 내 삶이 허무하다는 생각이 짧은 시간 머릿속을 스쳐 갔다. 하지만 마냥 넋을 놓고 있을 순 없었다. 일단 현실을 받아들이고 큰 병원에 진료 예약을 서둘러 잡았다. 병원은 집에서 그리 멀지 않은 대학병원으로 알아보았다. 수술 날짜가 예상외로 빨리 잡혔다. 수술은 종양이 자라지 못하도록 하는 노발리스 방사선 수술로 진행됐다.

수술 당일 새벽에 머리를 고정하는 틀을 만들기 위해 이마 두 곳과 머리 뒤쪽 두 곳에 철심을 박았다. 마취를 했지만 의료용 드릴로 머리뼈를 뚫는 그 고통은 이루 말할 수 없었다. 머리에 고정틀을 쓴 채 1시간가량 꼼짝하지 않고 수술대 위에 누워 있었다.

'다 잘 될 거야, 괜찮아. 이 시간만 지나면 다시 일상으로 돌아갈 수 있어.'

눈에 보이지 않는 방사선이 머릿속 종양을 집중적으로 강타할 때 나는 반듯하게 누워 눈을 감고 그 시간이 흘러가길 기다렸다. 그 당시 꼼짝하지 못하는 내 모습은 고요해 보였지만, 마음과 머릿속은 두려움과 초조함이 얽

혀 있었다. 거기다 긴장까지 보태져서 그런지 눈물도 말라 있었다. 그냥 누워서 아무것도 하지 않고 한 시간을 보내는 것이 그토록 길게 느껴진 건 그때가 처음이었다.

"환자분, 수술 끝났습니다. 수고하셨습니다."
'끝났구나.' 수술이 끝나고 고정틀을 빼고 나니 머리가 얼얼했다. 두피에 마취를 해 둔 상태라 아무 감각이 없었다. 그 느낌은 3일 정도 갔다. 다행히 수술 결과는 좋았다. 단지 재발의 위험이 있어서 일 년에 한 번씩 정기검진을 해야 했다. 벌써 4년이 지났다. 그 사이 극심한 두통이 몇 번씩 찾아와 응급실을 가야 했지만, 다행히 재발은 없었다.

수술 이후 몇 가지 변화가 생겼다. 먼저는 체력이 많이 떨어졌다. 뇌에 압력이 가해져서 무거운 물건을 드는 것도, 장시간 서 있는 것도 힘들었다. 외출을 하고 집에 오면 반나절은 꼼짝없이 소파에 누워만 있어야 했다. 그럴 때마다 남편과 아이들은 긴장했다. 덕분에 평소에 내가 맡아서 했던 집안일을 가족 모두가 스스로 분담해서 도와주었다. 아이들은 집안일이 은근히 많다며 그동안 엄마가 혼자 감당했다는 사실에 새삼 놀라워했다.

그리고 정상인에서 중증질환자로 등록됐다. 덕분에 진료를 받을 때 뇌 쪽으로 병원을 내원하면 병원비를 저렴하게 지불하는 혜택이 주어졌다. 게다가 체력적인 문제로 직장 생활에 어려움을 안게 되자 좋아하는 책을 마음껏 읽을 수 있는 시간이 자동으로 확보됐다. 그리고 예전보다 더 건강에 관심을 갖게 됐다. 이 친구 덕분에 힘든 시간도 있었지만 좋은 변화도 생겨 감사했다.

인생에 불청객은 예고 없이 찾아온다. 평온한 일상에서 생각하지 않은 손님을 만나게 되면 반갑지 않다. 하지만 이 같은 불청객이 인생에 새로운 변화를 가져다주는 친구가 된다면 마냥 미워할 수만은 없다. 그냥 현실을 겸허히 받아들이고, 찾아온 친구에게 한자리 양보해주고, 자주 들여다보면서 정기적으로 친절히 A/S를 베풀며 동고동락하며 살아갈 수밖에 없는 듯하다.

들어주기는 관심의 가장 깊은 표현

신이 인간에게 한 개의 혀와 두 개의 귀를 준 것은 말하는 것보다
타인의 말을 두 배 많이 들으라는 이유에서이다.
— 에픽테토스 —

어느 날 저녁, 다리 난간에서 극단적인 선택을 하려던 한 여성을 시민들이 구했다는 뉴스가 눈에 들어왔다. 다행히 그녀는 사람들의 따뜻한 위로 덕분에 위험한 순간을 무사히 넘길 수 있었다. '무슨 사연이 있기에 저런 선택을 했을까? 그녀의 삶의 무게를 누군가가 나누었다면 저런 행동으로 이어지지는 않았을텐데….'

그 장면을 보면서 20년 전 후배 한 명이 떠올랐다. 후배는 교회 청년부 예배 시작 전 어느 권사님의 손에 이끌

려 청년부 실로 들어왔다. 한창 인생의 꽃을 피울 나이에 힘없이 들어오는 그녀를 봤을 때 순간 움찔했다. 초점을 잃어버린 지 오래된 눈동자, 어눌한 말투, 일정한 간격으로 떨고 있는 손은 내가 그녀를 처음 보았던 모습이었다.

그녀는 사람에 대해 경계하는 눈빛도 보였다. '무엇이 그녀를 저렇게 만들었을까?' 겉으로 보아도 깊은 사연을 안고 있는 듯했다. 예배가 끝나고 조심스럽게 다가가 인사를 나눴다. 그녀는 표정 없는 얼굴로 나를 물끄러미 쳐다봤다.

"오늘 예배 시간이 조금 길었는데 힘들지 않았어요?"
"네."
"다음 주에도 올 수 있어요?"
"네."
"그럼 다음 주에도 또 만나요."

나는 그녀를 향해 미소를 보이며 배웅을 했다. 그리고

일주일 뒤 그녀는 다시 교회로 왔고 그때부터 매주 청년부 예배에 참석했다. 그녀가 올 때마다 나는 관심을 가지면서 반겨주었다. 주말마다 만나는 그녀는 나에게 깊은 연민과 동정심을 불러왔다. 다른 사람들은 쉽게 다가가지 못했지만 나는 다가가 말을 걸어주고, 다른 청년들을 대하듯이 해 주었다. 그리고 만난 지 몇 개월이 지나 그녀의 아픈 과거를 알게 됐다.

그녀는 오래전부터 가정폭력으로 정신적 어려움을 호소하며 지내고 있었다. 아버지와 오빠의 폭력이 매일 반복됐지만, 함께 사는 엄마와 언니는 그녀의 방어막이 되어주지 못했다. 그 결과 그녀는 성인이 되어도 정상적인 사회생활뿐만 아니라 사람들과의 관계도 어려워하며 늘 정신과 약을 먹으며 지내야 했다. 우리는 서로의 힘들었던 과거의 아픔을 위로하고 보듬으며 점점 가까워졌다. 몇 달이 지나 그녀는 조금씩 사람들에게 마음을 열기 시작했다. 매주 만나는 그녀의 얼굴도 처음보다 많이 편안해 보였다. 그녀와 나는 서로 언니, 동생하며 지낼 만큼 부쩍 가까워졌다. 가끔 둘이 만나서 맛있는 것도 사 먹고, 영화도 보면서 놀기도 했다. 그러던 어느 날, 그녀가 내게 따뜻한 말을 건넸다.

"언니, 고마워. 내가 힘들었던 그때 유일하게 나에게 다가와 주었던 언니를 나는 평생 잊을 수 없어. 그때 언니가 친구가 되어줘서 얼마나 고마웠는지 몰라. 그때 알았어. 아직은 세상이 살 만하다는 걸…."

그녀는 치유를 경험하고 있었던 것이다.

작가의 노트

저와 그녀가 가까워질 수 있었던 건 서로의 아픔을 들어주었기 때문입니다. 이처럼 들어주기는 마음의 거리를 좁혀주고 치유의 시작점을 만들어 줄 수 있는 좋은 도구가 됩니다. 여러분의 주위에 들어주기가 필요한 사람이 있나요? 그럼 먼저 다가가 그 사람의 말에 귀를 기울여 보길 바랍니다. 혹여나 그 자리에서 상대의 어려움에 답을 제시해 주지 못하더라도 큰 힘이 될 것입니다.

우연을 인연으로 만드는 건
보물 찾기와 같다

친구를 얻는 유일한 방법은 자기가 먼저 친구가 되는 것이다.
― 랠프 월도 에머슨 ―

　우리에게 찾아온 수많은 만남은 우연을 인연으로 만들기도 하고, 인연을 필연으로 만들기도 한다. 이 과정은 마치 초등학교 소풍의 보물 찾기와 같이 흥미로우면서 어려운 일이다. 보물을 찾기까지 시간과 노력이 필요한 것처럼 사람과 사람 사이의 만남도 많은 시간과 노력이 필요하다. 내가 다가가도 상대가 나를 우연으로 만들 수 있고, 상대가 다가와도 내가 우연을 만들 수 있다. 그러고 보면 지구상에서 나와 마음 맞는 사람을 찾는다는 건 인생에 반복되는 숙제처럼 보인다. 우연을 만드느냐, 인연을 만드느냐 하는 숙제 말이다.

내 인생에 30대 시절 만남 중 우연이 인연으로 이어진 두 사람을 생각하면 늘 마음이 따뜻해진다. 사람을 얻는다는 건 천하를 얻는 것과 같다고 했는데 나는 그 시절 천하를 두 번이나 얻은 운이 좋은 사람이었다.

한 사람은 그 당시 같은 동네에 살았던 나보다 한 살 많은 언니였다. 언니는 유치원 차를 기다릴 때마다 만나게 되면서 친해졌다. 그녀는 만날 때마다 내 이야기를 진심 어린 마음으로 공감하며 들어주었다. 이런 언니를 만날 때마다 마음이 따뜻한 사람이라는 생각이 들었다. 언니는 나에게뿐만 아니라 우리 아이들에게도 친절했다. 자신이 가진 것을 아낌없이 나눠주고, 언니 집에 놀러 갈 때면 뭐라도 하나 더 챙겨주고 싶어 했다. 그때는 언니가 단지 좋은 사람이라고 생각했다. 그런데 지금에 와 생각해 보니 그녀는 나와 다른 마음의 온도를 가지고 있던 사람이었다. 나는 그런 언니를 통해 조건 없이 사랑하는 것이 무엇인지 배우게 되었다.

다른 한 사람은 둘째 아이가 생후 3개월 무렵 예방접종을 하기 위해 보건소에서 만난 아이 엄마였다. 그 엄마와의 만남은 보건소에서 아이들의 개월 수를 묻다가 처음 말을 트게 됐다. 우리는 대화 중에 아이들이 같은 해, 같은 달에 태어난 것을 알고 무척 반가워했다. 20분 정도 지나 각자의 방향으로 헤어지려고 할 때 내가 연락처를 물었다. 그때부터 우리는 자주 만나면서 친해졌고, 서로 언니, 동생 하는 사이가 될 만큼 가까워졌다. 그렇게 시작된 만남이 벌써 14년을 넘어 지금까지 이어가고 있다.

동생은 신학교 시절 남편을 만나 사모의 길을 걸어가고 있다. 지금은 작은 섬에 있는 아담한 교회에서 남편을 보필하며 두 딸과 함께 사역을 감당하고 있다. 우리는 예전처럼 자주 만날 수 없지만 일 년에 한두 번 만나거나 서로의 안부를 물어보며 지내고 있다.

두 사람 모두 우연으로 시작된 만남이 소중한 인연으

로 이어졌다. 이들은 나에게 조건 없는 사랑과 이해를 베풀어 주었다. 남편과 오랜 불통의 시간을 보내면서 아이들을 감당하기 힘들었던 그 시기에 두 사람과의 만남은 일상의 갈증을 해소시켜 준 오아시스였다. 그리고 나를 있는 그대로 수용해 주는 모습을 보면서 과거에는 경험할 수 없었던 나의 존재의 가치를 새롭게 발견하는 계기가 됐다.

누군가에게 있는 그대로 받아들여진다는 것은 참으로 행복한 경험이다. 그런 사람을 가진 사람은 세상에 보석을 가진 자와 같다. 이런 인연을 가진 사람은 마음에 겨울이 찾아와도 그들이 전해준 온기를 기억할 때마다 차가운 한 철을 보낼 힘을 얻을 수 있다. 우연히 인터넷을 하다 '좋은 글' 중에서 보게 된 시 한 편도 그랬다. 마치 내 마음을 대신해 주는 것만 같아, 많은 사람의 우연한 만남이 소중한 인연으로 이어지기를 바라며 따뜻한 시 한 편을 나누고 싶다.

"내가 가진 것과 당신이 가진 것을 더하면 그것은 만남입니다.

내가 가진 것에 당신이 가진 것을 빼면 그것은 그리움인 것입니다.

내가 가진 것과 당신이 가진 것을 곱하면 그것은 행복입니다.

내가 가진 것에 당신이 가진 것을 나누면 그것은 배려입니다.

그리고 내가 가진 것과 당신이 가진 것을 더하고 빼고 곱하고 나누어도 하나라면 그것은 바로 사랑입니다.

사랑은 살아가면서 가장 따뜻한 인간관계이며 한 사람이 다른 사람을 아끼고, 또한 그 관계를 지켜가고자 하는 마음이라고 할 수 있습니다."

— 좋은 글 중에서 —

거위의 꿈이 현실이 되다

'난, 난 꿈이 있었죠. 떨어지고 찢겨 남루하여도~'

가수 인순이가 부른 '거위의 꿈'을 언제부턴가 좋아했다. 가사 하나하나가 내 마음을 대변해 주는 듯했다. 둘째가 초등학교 고학년이었던 어느 날 저녁, 이지성 작가의 《어린이를 위한 꿈꾸는 다락방》이라는 책을 함께 보던 딸이 물었다.

"엄마! 엄마는 어렸을 때 꿈이 뭐였어?"

"꿈? 음, 뭐였더라. 초등학교 다닐 때는 선생님이었는데, 교회 선생님! 이거 해보고 나니까 딱히 꿈이 없더라."

"정말?"

"그럼 우리 딸은 꿈이 뭐야?"

"나도 아직 없어."

"그렇구나. 이런 부분은 엄마 닮으면 안 되는데. 하지만 미리 걱정하지 말자. 앞으로 생길 거니까. 좋아하는 것, 하고 싶은 것부터 찾아보자."

사실 그랬다. 정말 내 꿈은 거기까지였다. 내가 무엇을 좋아하는지, 무엇을 잘하는지 모르고 40대를 넘어왔다. 아이들을 키우면서 늘 바쁘게 살다 보니 꿈을 가진다는 게 사치처럼 느껴졌다. 《당신은 아무 일 없던 사람보다 강합니다》의 저자 김창옥 강사는 '자신이 하고 싶은 것을 찾는 방법'을 다음과 같이 말했다.

"심장이 뛰는가? 지금 내 눈이 반짝이는가? 반복하게

되는가? 돈을 쓰게 되고 관심이 가는가? 그것이 내 삶을 빛나게 해주는가?"

나는 이 질문들을 보면서 나에게 물음표 하나를 던졌다. '여기까지 걸어오면서 내 심장을 뛰게 했던 일이 뭐였지?'

기억을 더듬어 봤다. 감성이 풍부했던 학창 시절, 일기와 편지 쓰기를 좋아했던 그때가 떠올랐다. 그 시절 나는 거의 매일 밤 '별이 빛나는 밤에'를 들으며 감성에 젖곤 했다. 가끔은 용기를 내어 방송국에 사연을 보내기도 했다. 사연이 당첨되던 날에는 이불 속에서 동생들과 함께 라디오 앞에서 내가 보낸 사연을 들으며 신기해했다. 직장 생활을 하면서 매년 새해가 되면 두꺼운 일기장을 샀다. 습관처럼 일기를 쓰다 보니 연말이 되면 나만의 인생 노트 한 권이 만들어졌다. 일일이 손으로 기록한 일기장을 이사를 갈 때마다 가지고 다녔다. 지금도 가끔 그때의 일기장을 보면 생소한 느낌을 받곤 한다.

큰아이를 임신했을 때는 집에서 심심할 때마다 극동방송을 들었다. 종종 마음에 드는 채널에 사연을 보내기도 했는데 덕분에 소소한 선물들이 집으로 자주 날아왔다. 그렇게 지나온 흔적을 더듬어 보니 나는 글을 쓰는 일을 좋아했던 사람이었다. 이런 나를 좀 더 일찍 발견했더라면 좋았을 텐데 하는 아쉬움이 있지만 지금이라도 알게 돼서 다행이라 생각한다.

나는 기분이 좋을 때나, 힘들 때면 여전히 일상을 기록한다. 이 작업은 낮 동안 미세먼지로 덮인 얼굴을 폼클렌징으로 개운하게 세안을 하는 기분을 들게 만든다. 그리고 나도 모르게 탁해진 감정들을 깨끗한 감정으로 교체해 주는 기분 좋은 느낌도 받는다.

2년 전에 책을 쓰기 시작했다. 2019년 겨울부터 코로나19로 온 나라가 매일 얼음 위를 걷는 심정으로 살아가고 있다. 예전처럼 바깥 활동을 마음껏 할 수 없지만, 개인적으로 나에겐 글을 쓸 수 있는 기회가 됐다. '작가'라고 하면 과거 몇 년 전만 해도 전공 분야를 졸업한 학력

자나 국내외로 유명한 공인만 할 수 있는 일이라 여겼다. 하지만 지금은 자신의 이야기를 세상에 내놓을 용기가 있는 자라면 누구나 도전할 수 있도록 시대적 인식이 많이 바꼈다. 다행히 나는 시대를 잘 타고나서 이 흐름에 용기를 낼 수 있었다.

글이 주는 치유 효과를 경험하다

"치유하는 글쓰기는 완전한 자기용서와 자기수용을 지향한다.
바로 지금 여기, 있는 그대로의 나를 바라보고
인정하고 애도하는 것이다.
그것이 바로 치유의 출발점이자 원동력이며,
어찌 보면 완성이기도 하다."
— 박미라 작가의 《치유하는 글쓰기》 중에서—

프리라이팅을 쓰던 어느 날 어린 시절 내 모습을 정면
으로 마주했다. 부담감이 밀려와 노트북의 커서가 깜박
이는 것을 한참 응시하다가 다음으로 미룰까 여러 차례
고민했다. 하지만 지금이 아니면 다음에도 못 쓸 것 같았
다. 토해낼 수 있는 용기가 필요했다. 내 안에 원망과 분

노의 상처들이 만들어진 그때를 더듬어봐야 했다. 노트북 화면을 응시하는 눈과 키보드 위의 손가락에 힘이 들어갔다. 그리고 많은 일이 있었던 오래전 그 시간으로 거슬러 올라갔다.

유년 시절 나와 내 동생들은 어느 집에도 속하지 못하는 아이들이었다. 큰집에는 큰엄마의 딸들이 있었고, 엄마 옆에는 언니와 오빠가 살고 있었던 이유로 우리는 어디에도 완전한 소속감을 느낄 수 없었다. 언젠가 들었던 이야기다. 큰집에서는 우리 셋을 받아줄 수 없다고 아버지와 몇 차례의 집안싸움이 있었다고 한다. 밖에서 낳아온 자식을 어떻게 본처의 집에 들이느냐, 말도 안 되는 일이라며 크게 반대를 했다고 한다.(이건 내가 생각해도 상식적으로 어려운 일이었다.)

어렸을 때 큰엄마가 들려주신 태몽 이야기가 있었다. 흰색 토끼 두 마리가 큰엄마 앞에 앉아 있었는데 한 마리는 잡고, 한 마리는 놓쳤다는 꿈. 그 무렵 큰엄마의 배속에는 나보다 두 달 먼저 태어난 언니가 있었다. 큰엄마는 '꿈에서 놓친 토끼가 이 아이가 아니었을까?'라고 생각하시고 나를 받아주셨다고 한다. 그리고 몇 년 후에 태어난 내 동생들까지도 당신의 운명으로 여기고 받아주셨다.

어렸을 때는 몰랐다. 배 아파 낳은 자식과 데려온 자식을 한 집에서 키우는 일이 얼마나 일반적이지 않은 일인지, 그리고 밖에서 낳아 데려온 자식을 키워야 하는 것을 운명으로 받아들이는 일이 얼마나 고통스럽고 괴로운 일인지를. 큰엄마는 상식을 뛰어넘는 선택, 아니 어쩌면 선택이 아니었을지 모른다. 아버지의 강직한 성격 때문에 반강제적으로 떠안게 되신 것일 수 있다. 그렇게 우리 셋은 큰엄마 밑에서 10년 가까이 함께 살면서 중학교 때까지 친엄마와 떨어져 지냈다. 엄마는 버스로 30분 정도만 가면 되는 시내에 살고 있었고, 가끔 아버지가 허락하실 때만 엄마를 보러 갈 수 있었다. 큰집에 살면서 엄마가 많이 보고 싶었다. 특히 나는 8살 때 엄마와 떨어졌기 때문에 그 마음이 더 컸다. 한 번은 엄마가 너무 보고 싶어서 아버지가 멀리 외출하셨을 때 큰엄마를 졸라 엄마를 보러 갔다. 나는 동생들 몰래 조용히 가서 다음날까지 엄마 옆에 있을 계획이었다. 그런데 그날 오후에 아버지가 식당으로 나를 데리러 오셨다.

나는 너무 겁이 나서 식탁 밑에 숨었다.

"어디 갔어? 이게 벌써부터 애비 말을 안 들어. 누가 허락도 없이 여기 오라고 했어? 너 빨리 안 나와?"

아버지는 무섭게 소리치셨다.

"오늘은 하룻밤 재워서 보낼 테니까 당신 혼자 들어가소."

"무슨 소리야. 너 빨리 안 나와? 어디 제멋대로 하고 있어. 겁도 없이."

아버지가 너무 완고하시자 엄마도 화가 나서 소리치셨다.

"그만하소. 내일 보낸다니까 왜 그래요?"

"안돼. 당신이 애를 두둔하니까 더 말을 안 듣잖아. 너 빨리 나와."

순간 두 분의 싸움에 내가 원인 제공자가 됐다는 죄송한 생각이 들었다. 그리고 나 때문에 엄마가 힘드신 것 같아서 더 이상 버틸 수가 없었다.

근 30년이 지난 지금도 이 기억이 선명한 걸 보면 어린 나에게는 정말 그 시간이 힘들었나 보다. 나는 결국 그날 아버지의 손에 이끌려 큰집으로 가는 버스를 타고 말았다. 그때 나는 버스 뒷자리의 창밖을 보면서 엄마와 영영 이별하는 줄 알고 얼마나 울었는지 모른다. 버스에서 소리도 내지 못하고 입술을 깨물고 속으로 울음을 삼켰다. 그리고 아버지에 대한 원망과 분노가 솟구쳤지만, 어린 내가 할 수 있는 일은 아무것도 없었다. 그날 저녁 죄 없는 큰집 언니들과 동생들은 나 때문에 종아리를 몇 대씩 맞았다. 언니들은 동생 교육 제대로 시키지 않았다는 이유였고, 동생들은 언니가 가는 걸 말리지 않았다는 이유였다. 아버지의 훈육은 항상 그랬다. 한 사람이 잘못하면 다른 자매들까지도 다 혼을 내고 매를 드셨다. 그 시절에도 이해가 되지 않았지만, 어른이 된 지금도 아버지의 양육법은 여전히 이해되지 않는다.

이날의 일을 떠올리며 글을 쓰던 날 그때 아버지에게 쏟아내고 싶었던 말을 뱉어냈다.

"아버지! 그때 왜 그러셨어요? 제가 얼마나 힘들었는지 아세요? 엄마 옆에 하룻밤 자는 게 그렇게 허락하기 힘드셨어요? 어린 것이 얼마나 엄마 품이 그리웠으면 아버지 몰래 갔겠어요. 아버지는 진짜 자식 사랑이 뭔지 모르는 분이셨어요. 그리고 제가 잘못했는데 왜 죄 없는 가족들을 때리셨어요. 그건 아니잖아요. 언니들이랑 동생들이 얼마나 아팠는지 아세요!"

이날 두루마리 휴지 반 이상이 눈물에 젖었다. 나는 글을 쓰면서 오랜 시간 묵혀놓았던 원망과 미움의 감정들을 쏟아내는 일을 여러 차례 반복했다. 이 작업을 하면서 내 안에 깊은 상처들은 조금씩 씻겨 나갔다. 많은 시간 내면의 상처를 치유하기 위해 시간과 비용을 썼지만 만족하지 못했다. 반면 글을 쓰는 작업을 통해 나는 치유를 경험했다. 너무 놀라웠다. 좀 더 일찍 이 방법을 알았더라면 얼마나 좋았을까 싶다.

　몇 달 동안 글을 쓰다가 울다가를 반복했던 시간이 줄어가자 나를 둘러싼 세상과 사람들을 다른 시선으로 보기 시작했다. 사람과 환경에 대한 불평과 불만으로 가득했던 내 삶에 감사가 자라기 시작했다. 그리고 나와 다른 성향을 가진 가족을 수용할 수 있는 마음의 자리도 조금씩 넓혀갈 수 있었다.

상대의 기대에 너무 애쓰지 않기를

나는 어렸을 때부터 아버지의 기대에 미치기 위해 부단히 노력했던 딸 중에 한 명이었다. 학교를 마치고 집에 오면 공부보다 부모님이 일하시는 밭에서 일손을 도우며 시간을 보낼 때가 많았다. 집안에서는 소 거름을 치우고, 주말이면 집에서 제일 먼저 일어나 넓은 마당을 쓸었다. 나는 왜 아버지가 불편했음에도 이처럼 애를 썼을까? 그 당시 나에게 아버지라는 대상은 불편함에 앞서 무서움의 대상이었다. 이런 아버지에 대한 이미지는 20

대에도 이어졌다. 그냥 내 마음이 빨리 편해지기 위해서는 아버지의 기대에 미치기 위해 노력하는 쪽을 택하는 것이 편했다. 이 습관은 사회생활에도 나타났다.

20년 전만 해도 직장 내 상사들의 갑질 문화가 심각했다. 이 일에 관해서 두 가지 일이 생각난다. 하나는 학교 교무실 사무보조로 일할 때였다. 매년 방학 때마다 교내 직원들은 점심 해결이 고민이었다. 행정실장은 이 고민을 해결하기 위해 나에게 중요한(그러나 내가 원치 않는) 일을 맡겼다.

"권 선생! 우리 학교는 말이야. 매번 방학 때마다 학교에서 점심을 해서 먹었어. 그런데 그동안 행정실에서 나랑 기사님들이 했거든. 올해부터는 권 선생이 맡아서 해 주면 좋겠어. 메뉴는 나랑 기사님들이 짜고 장도 봐올 테니까 주방에서 점심 준비만 하면 돼."

"…네…."

마지못해 대답했던 그날 이후 몇 년 동안 방학마다 점심 준비를 도맡았다. 출근하면 잠깐 일하다가 10시부터는 주방에 가서 몇 가지 밑반찬과 국을 준비했다. 12시가 되면 당직 교사와 행정실 직원들이 점심을 먹기 위해 식당으로 왔다. 그리고 잘 먹었다는 말만 남기고 다들 각자의 자리로 돌아갔다. 설거지는 내 몫이 되기도 하고, 가끔 다른 직원의 몫이 되기도 했다. 한동안 방학마다 점심 준비를 위해 출근하는 직장인처럼 느껴졌다.

또 한 번은 기존의 직장을 퇴사하고 속기사를 준비하던 중 어느 고등학교 행정실 사무보조로 몇 개월 근무한 일이 있었다. 그날은 수능시험이 있던 날이었다. 학교가 감독 학교로 지정되면서 교직원과 행정실 직원 모두가 새벽에 출근했다. 그 당시 전 직원이 긴장을 하고 있던 가운데 전날 과음으로 정신을 못 차리는 행정실장은 숙직실에 누워있었다.

"권 선생, 내가 아침에 해장을 못 해서 그러는데 라면 하나만 끓여서 숙직실로 갖고 와줘."

  행정실장은 근무를 하고 있는 나에게 호출을 했다. 나
는 기가 막혀서 뭐라고 따지고 싶었지만 아무 말도 하지
못하고 라면을 끓여 냈다. 이처럼 나는 이십 대 사회생활
에서 나보다 나이나 직급이 높은 권위자들의 부탁을 쉽
게 거절하지 못했다. 20년 전만 해도 직장에서 윗사람의
말을 잘 듣지 않으면 업무가 불편한 자리로 이동이 쉽게
이루어졌던 때였다. 하지만 이 부분보다 나를 더 힘들게
했던 건 그들 앞에 설 때마다 거절할 수 있는 용기를 내
지 못했던 내 마음의 무게였다.

작가의 노트

이런 상황들을 마주하면서 제가 깨닫게 된 건 자신을 보호하기 위해서는 원치 않는 요구에 거절할 줄도 알아야 한다는 것이었습니다. 제가 이 부분을 실행하기까지 사십 대에 접어들어서야 가능했지만, 이제는 예전보다 상대의 기대에 만족하기 위해 애쓰지 않는 저를 보는 횟수가 조금은 늘었습니다.

몇 년 전까지만 해도 한국인의 정서에 거절은 낯선 단어였습니다. 하지만 이제는 시대가 바뀌면서 젊은이들이 부모 세대보다 거절을 어려워하지 않는 것을 봅니다. 이 차이는 권위자들에 대한 무조건적인 순종에 길들어져 있던 부모 세대와 공교육에서부터 자신의 의사를 표현하고, 일상에서 적용할 수 있도록 배워가는 자녀 세대 사이의 다름에서 온 것이라 생각합니다. 혹시 지금까지 누군가의 기대에 미치기 위해 살아왔다면 이제는 자신도 조금 돌아봐주라고 말하고 싶습니다.

나무가 고요하고자 하나
바람이 멈추지 않고

부모를 공경하는 효행은 쉬우나,
부모를 사랑하는 효행은 어렵다.
─ 장자 ─

　부모님과의 추억은 살아계실 때만 쌓을 수 있다는 사실을 친정아버지가 돌아가시고 나서야 실감했다. 아버지가 떠난 빈자리에서 홀로 지내시는 엄마를 생각할 때마다 야속하게 흘러가는 시간을 잡아두고 싶었다. 큰아이와 둘째 아이 모두 제왕절개로 출산을 하면서 친정엄마 생각이 간절했다. 어린아이들을 키우면서 손이 많이 갔다. 밥 먹을 시간도 없이 매일 몸과 마음이 바빴고, 아이들은 하루에도 수십 번씩 나를 찾았다. '이렇게 아이들이 한시도 떨어질 줄 모르는데 어떻게 엄마는 우리랑 떨어져 사셨을까?' 하는 생각을 하면 나도 모르게 눈시울이 붉어졌다.

엄마는 눈물이 많은 분이다. 엄마의 눈물은 그 옛날 자식에 대한 그리움과 고단했던 삶의 흔적을 흘려보내는 당신만의 유일한 정화과정이었다. 엄마는 우리가 전화를 하거나 만나러 갈 때마다 '고마워'라는 말을 자주 하신다. 뭐가 그리 고맙냐고 물어보면 너희들이 잘 커줘서 고맙고, 안부를 물어보고 종종 찾아와줘서 고맙다고 하신다. 그리고 한 소절 덧붙이신다. "그런 거 다 안 해도 너희들이 있는 것만으로도 고마워."

엄마는 육 남매 중에 막내로 태어나셨다. 덕분에 사랑을 많이 받으셨다. 하지만 결혼을 하고 몇 년 후 전 남편과 사별을 하는 아픔의 시간을 보냈다. 시간이 흘러 아버지를 만나고 어려운 시기에 벽돌을 만드는 공사장에서

인부들의 점심을 챙겨주는 일을 하셨다. 그 일이 잘 돼서 나중에는 작은 식당을 내셨다. 엄마는 여든이 넘으신 지금의 나이에도 식당을 하신다. 허리가 많이 굽으셔서 본인 몸 하나 가누기도 힘드신데 식당을 접지 않으신다. 식당은 작지만, 엄마는 그곳에서 동네 할머니, 할아버지와 말동무를 하며 하루하루를 보내신다. 엄마가 처음 식당을 시작하신 건 생계를 위해서였지만, 노년의 당신에게 식당은 고향이자 집이 됐다.

몇 년 전 여름, 더위가 중턱에 걸렸을 때 엄마와 네 자매는 처음으로 추억 하나를 만들었다. 어느 날 엄마가 봉화 백두대간 수목원에 있는 호랑이가 보고 싶다고 말씀하셨다. 지금까지 사시면서 자식들에게 당신이 원하는 것을 말씀하신 적이 없으셨던 엄마를 위해 우리는 식당 청소도 해드릴 겸 친정으로 내려갔다. 친정에 도착해서 청소를 하고, 펜션에서 하룻밤을 보냈다. 그리고 다음날 호랑이를 보러 갔다. 날씨는 더웠지만 적당히 바람이 불어줘서 좋은 날이었다. 문제는 호랑이를 보기 위해서는 높은 곳까지 가야 했다. 가는 길은 두 길이 있었다. 한 길은 멀리 돌아가야 했고, 다른 길은 지름길이었다. 우리는 지름길을 선택하고 엄마를 휠체어로 모셨다. 그런데 길이 점점 산길로 들어서서 당혹스러웠다. 우리가 선택한 길은 등산로였던 것이다. 하지만 돌아갈 수도 없는 상황이었다.

"너희들이 나 때문에 고생이 많다. 미안하다. 엄마가 괜히 오자고 해서 너희들 고생만 시킨다. 힘들어서 어야노."

"아니야! 엄마, 언제 또 와보겠어요. 괜찮아! 조금만 더 가면 되니까 걱정하지 마세요."

우리는 엄마를 안심시키고 웃으며 열심히 올라갔다. 하지만 괜찮은 게 아니었다. 땀은 비 오듯 쏟아지고, 두 다리는 후들거렸다. 나와 동생들은 휠체어를 밀고, 허리가 불편한 큰언니는 추억을 남겨야 한다며 따라오면서 열심히 사진을 찍었다.

"하하하! 너희들 그런데 너무 웃긴다. 누가 보면 어른 모시고 고려장(늙고 쇠약한 부모를 산에다 버렸다고 하는 장례 풍습)가는 줄 알겠어. 뒤에서 봐봐. 너희들 진짜 웃겨."

"정말? 그런데 언니, 웃지 마. 우리 힘 빠져!"

우리는 힘을 쓰다가, 웃다가를 반복하면서 호랑이가 있는 곳까지 올라갔다. 엄마는 지금까지 사시면서 동물원 한번 가 보신 적이 없었다. 그래서인지 어린아이처럼 환한 미소를 지으며 집채만 한 호랑이 두 마리를 신기한 듯 한참을 바라보셨다. 이날 모든 일정을 마치고 자매들은 집으로 돌아가는 차 안에서 힘든 시간을 수다로 풀었다.

"이번에 너희들 정말 고생 많았다. 덕분에 엄마하고 우리들만의 추억이 생겨서 너무 좋았던 것 같아."

"맞아."

"그런데 앞으로는 휠체어 밀고 산으로 올라가는 모험 같은 선 하시 말자. 진짜 힘들었어. 디리가 얼마나 후들거렸는지."

"그러게. 나는 이마에서 땀이 비 오듯이 쏟아져서 앞이 안 보이더라. 골로 가는 줄 알았어."

"하하하."

우리는 낮에 있었던 일을 떠올리며 한바탕 웃었다.

엄마는 우리와 함께 했던 이날의 시간이 오랫동안 기억에 남을 것 같다고 하셨다. 지금 생각하면 그 길을 어떻게 올라갔나 싶다. 하지만 다녀오기를 잘했다는 생각이 든다. 만약 공원에 대한 모든 리뷰와 일정을 빼곡히 계산하고 힘들어서 가지 못하는 코스라고 엄마에게 미리 말씀드렸다면 우리는 두고두고 후회했을 것이다.

또 하나의 추억 만들기

결혼 전 5년 동안 두 명의 동생들과 자취를 했다. 오롯
이 우리 세 사람이 함께 보낸 시간은 내 기억에 고교 시
절 2년과 결혼 전 5년 동안이었다. 우리 셋은 나이가 한
두 살 차이가 난다. 그래서인지 어렸을 때는 잘 지내다
가도 종종 다퉜다. 나는 결혼하고 점점 웃음을 잃어가면
서 동생들과 함께 보냈던 시간을 떠올리곤 했다. 그래서
신혼 초에 동생들이 사는 곳으로 가서 시간을 보내고 올
때가 많았다.

결혼 12년 만에 우리는 가까운 곳에 살면서 다시 자주

만날 수 있게 됐다. 우리 자매 셋은 결혼을 하고 각자 가정을 꾸리면서 십 년 이상 서로 다른 지역에 떨어져 살았다. 2016년 가을, 나와 막냇동생은 이사를 고민하던 중 이미 인천에 정착한 동생이 사는 동네 가까운 곳으로 이사를 결정했다.

우리는 운동 삼아 걸어 다닐 수 있는 거리에 서로의 보금자리를 다시 마련했다. 덕분에 도움이 필요하면 언제든지 달려갈 수 있었다. 이사를 하고 일상에서 동생들의 도움을 자주 받았다. 둘째 아이가 교통사고가 났을 때도, 내가 뇌종양 진단을 받고 수술 후 힘든 시간을 보낼 때도 동생들은 일일이 나를 신경 써 주었다. 동생들과 가까이 살면서 결혼생활에서 잃어버렸던 웃음을 조금씩 되찾기 시작했다. 우리는 서로 다른 성향을 가지고 있지만, 유년 시절 힘들었던 시간을 함께 보내면서 누구보다 끈끈한 친구 같은 사이가 됐다.

동생들의 사랑을 어느 때보다 깊이 느꼈던 시간이 있

었다. 뇌종양으로 병원을 다녀오기 전까지 나는 매일 무언가를 하느라 분주하게 시간을 보냈다. 하지만 더 이상할 수 있는 일이 없다고 느껴지자 우울한 감정에 머무는 날이 많았다. 이런 내가 걱정이 됐는지 동생들은 자주 연락하고, 찾아와 주었다. 날씨가 맑은 어느 날 아침 동생이 전화를 했다.

"언니, 뭐해? 오늘 별일 없지? 우리 오랜만에 바람 쐬러 가자."

"응. 그래."

"날씨가 쌀쌀하니까 옷 따뜻하게 입고 기다리고 있어. 금방 데리러 갈게."

"응."

잠시 후 동생들은 차를 가져와 이미 정해둔 코스로 나를 데려갔다. 차 안에서는 오랜만에 만난 여자 셋의 수다가 목적지에 도착하기 전까지 쉴 새 없이 계속됐다. 우리는 한 시간이 조금 넘는 곳에 있는 경치 좋은 퓨전 레스

토랑에 도착했다. 주변 경치는 하늘만큼 맑은 바다와 파도 소리가 들리는 곳이었다. 우리는 그곳에서 멋진 풍경을 사진에 담기도 하고, 이야기도 나누면서 맛있게 점심을 먹었다. 그리고 밖으로 나와 사방에서 불어오는 바람을 온몸으로 느꼈다. 이렇게 우리는 또 하나의 추억을 만들었다.

작가의 노트

저는 학창 시절에는 가족이 많은 것을 부끄러워했습니다. 그런데 살면서 핵가족 시대에 가족이 많다는 것이 오히려 자랑거리가 될 때가 있습니다. 특히 저와 나이가 비슷하고 우리 아이들과 조카들의 나이가 고만고만한 제 동생들과 자주 소통하다 보면 부모님께 저절로 감사하게 됩니다. 저는 제 허물과 끼를 다 아는 친구 같은 동생들이 가까이 살고 있어서 무척 행복합니다. 이들이 있어서 한 번 더 웃고 40대 중반을 넘어서 사는 재미가 또 이런 거구나 하는 기분을 느끼기도 합니다.

우리는 아이들이 어렸을 때는 유모차 부대였고, 지금은 가족들의 건강한 먹거리를 준비하기 위해 열심히 장바구니를 끄는 주부들이 됐습니다. 저의 작은 바람이 있다면 머지않아 우리 자매들이 여행용 가방을 가지고 경제적, 시간적 자유를 맘껏 누려보고 싶습니다. 그날을 위해 우리는 오늘도 각자의 자리에서 열심히 살고 있습니다.

아버지의 손

우리가 부모가 됐을 때 비로소 부모가 베푸는 사랑의 고마움이
어떤 것인지 절실히 깨달을 수 있다.
— 헨리 워드 비처 —

코로나19가 시작되면서 2년 동안 친정을 가지 못했다.
그래서였을까? 아버지 생각이 났다. 아버지는 8년 전 개
나리가 활짝 피던 봄에 병원에 입원하셨다가 단풍잎이
떨어지던 그해 가을에 하늘나라로 가셨다. 늘 강직한 모
습만 보여주셨던 아버지셨기에 살아계실 동안은 절대
병원 신세를 지지 않을 거라 생각했다. 하지만 아버지는
병석에서 7개월을 보내고 가족과 작별 인사를 하셨다.
마지막으로 내가 본 아버지의 마지막 모습은 앙상한 얼

굴과 애잔한 눈빛만 남아 있었다.

"아빠, 퇴원하면 제일 먼저 뭐 해보고 싶으세요?"

"우리 가족 데리고 그동안 못 가 본 여행 다니고 싶다."

병석에서 이렇게 말씀하셨던 아버지는 영원히 돌아올 수 없는 곳으로 홀로 여행을 떠나셨다.

아버지는 식도암을 앓았다. 병원 입원 전 음식을 잘 삼키지 못하시고, 토해내기를 반복하셨다. 그런 당신의 몸이 이상했는지 고향에서 혼자 병원 검진을 받으셨는데 그때는 이미 식도암 3기였다. 가족 모두 이 사실을 알게 된 건 한 달 후였다. 평소에 잘 드시던 음식도 못 드시고, 자꾸 구토를 하시는 아버지가 이상하다며 엄마가 큰집 언니에게 전화를 했다. 언니가 다급히 아버지를 병원으로 모시게 되면서 딸들은 그제야 자세한 정황을 알게 됐다.

친정에서 가까운 병원에서는 더 이상 손을 쓸 수 없으니 서울에 있는 큰 병원으로 모시고 가라고 했다. 가장 빠른 입원 날짜를 잡고 아버지를 서울○○병원으로 모셨다. 이때만 해도 우리 가족은 희망을 가지고 있었다. 서울에 있는 큰 병원으로 가셨으니 곧 퇴원하실 거라 믿었다.

아버지는 식도를 절개하는 수술을 하셨다. 그리고 식
도의 역할을 대신해 줄 위와 남겨진 식도를 연결하는 대
수술을 하셨다. 하지만 병실에서는 음식을 잘 드시지 못
했다. 자꾸 사레가 걸려 삼키기를 어려워하셨다. 식사를
하실 수 있도록 수술을 했다고 하는데 거의 드시지 못했
다. 가족들은 의료사고가 아닌가 하는 생각에 담당 의사
에게 따지기도 했지만, 자신들은 최선을 다했다며 가족
들의 의견에 동의하지 않았다.

시간이 갈수록 아버지는 점점 야위어갔다. 링거를 통
한 영양공급만으로는 체력 회복에 턱없이 부족했다. 아
버지는 항암치료를 하지 못했다. 연세도 있으시고, 수술
후 면역력과 체력이 많이 떨어져 있는 데다 식사도 거의
하지 못해서 항암치료를 견뎌내기 어렵다는 이유였다.
안타깝게도 시간이 갈수록 암은 다른 장기로 전이가 되
었고, 점점 더 희망을 잃어갔다. 아버지는 그렇게 서울에
서 4개월 정도 계시다가 다시 고향으로 내려가셨다. 고

향에 있는 병원에서 아버지는 조금씩 다가오는 자신의 삶의 마지막 시간만을 기다릴 뿐이었다.

아버지가 서울에서 수술을 하시기 며칠 전에 나는 아버지와 병원 주변 길을 따라 산책을 한 적이 있었다. 그날은 날씨도 맑았고, 공기도 시원했다. 아버지와 나는 조금 걷다가 벤치에 앉아 나무 위에서 지저귀는 새소리를 들었다. 그날 아버지는 내 손을 조용히 잡아 주셨다. 아버지의 손은 고목나무같이 어둡고 쭈글쭈글했다. 손바닥은 당신의 칠십 평생 고단했던 삶의 흔적으로 보이는 두꺼운 굳은살이 붙어 있었다. 하지만 손의 온기는 따뜻했다. 내 기억 속에는 아버지의 다정했던 모습이나 손을 잡아 주신 기억이 없었다. 그래서 여쭤봤다.

"아빠는 제가 어렸을 때 왜 손 한 번도 안 잡아 주셨어요?"

"아니야, 많이 잡아 줬어."

"이상하다. 제 기억에는 힌 번도 없는데요?"

"네가 기억을 못 하는 거지. 많이 잡아 줬어. 잡아 주고 말고."

　이 말을 듣는 순간 코끝이 찡했다. 하고 싶은 말이 많았는데 아버지와 둘만 있는 어색한 자리가 적응되지 않았던지 더 이상 입을 열지 못했다. 그런데 몰랐다. 아버지와 오롯이 함께 할 수 있었던 시간이 그날이 처음이자 마지막이 될 줄은….

　그날 아버지는 손을 통해 당신의 마음을 전해 주시는 듯했다.

　'기숙아! 그동안 많이 힘들었지? 니하고 동생들하고 엄마한테서 떨어뜨려 놔서 아부지 원망 많이 했지? 가족들이 나 때문에 고생한 거 다 안다. 미안하다. 부족한 애비를 용서해라. 그런데 하나만 기억해 줬으면 좋겠다. 아부지는 가족 모두를 사랑했다.'

　이런 아버지의 마음이 전해지자 눈시울까지 붉어졌다. 그날 그동안 아버지께 품었던 마지막 남은 원망의 감정을 지웠다. 그리고 아버지가 전해 준 온기를 오래오래 기억하기로 했다.

유언

사람이 세상에서 살 수 있는 시간이 한정되어 있음을 아버지의 영정사진 앞에서 더 분명히 알게 됐다. 영원히 우리 곁에 계실 것만 같았던 아버지의 마지막 길은 몇 개월간 병간호를 했던 큰집에 언니가 배웅해 주었다. 큰언니에게 연락을 받고 우리는 병원으로 급히 내려갔다. 아버지는 편안하게 주무시듯 가셨다며 언니가 말해 주었다. 힘겨웠던 세상의 짐을 다 내려놓고 편안한 마음으로 가셨다고 생각하니 한편으로는 안도감이 밀려왔다.

언니는 아버지의 유언을 전했다. 유언은 경상도 사나이답게 짧고 간결했다. "형제지간에 우애 있게 지내라!"

두 아내와 열 명의 딸들을 남겨두고 가신 아버지는 끝까지 가족 걱정을 하셨다. 혹여나 당신이 떠난 다음 딸들의 관계가 어긋나기라도 할까 봐 걱정이 되셨나 보다. 아버지의 유언에는 당신이 없어도 서로 더 보듬고 사랑해주기를 바라는 마음이 담겨 있었다.

장례 절차가 이어졌다. 집안에 크고 작은 모든 행사에 아버지의 손길이 항상 있었는데 아버지 장례식장에는 아버지가 없었다. 단지 영정사진 속에서 모두를 흐뭇한 표정으로 바라보시는 아버지만 계실 뿐이었다. 큰집 언니들과 우리는 경상도의 유교 문화에 따라 상복을 입었다. 처음 입어보는 삼베로 만든 상복은 무척 어색했다. 우리 집안은 종교가 불교와 기독교 두 개로 나눠져 있다. 큰집 언니들은 불교였고, 나와 동생들 그리고 큰집의 막냇동생은 기독교였다.

우리는 상의한 끝에 서로의 종교 방식으로 아버지께

마지막 예를 갖추기로 했다. 먼저는 큰집 언니들이 모시고 온 스님이 염불을 하셨고, 다음은 나와 동생들이 모시고 온 목사님이 예배를 진행해 주셨다. 이 과정에서 재미난 장면이 있었다. 스님이 목탁을 두드리고 염불을 하실 때 어린 조카들이 목탁 소리에 맞춰서 아버지 사진 앞에서 춤을 췄다. 보는 모든 사람이 너무 웃겨서 한바탕 웃었다. 이날 아마 아버지도 사진 속에서 어린 손주들의 재롱을 보시고 웃고 계시지 않았을까 싶다.

발인을 하던 날 우리는 아버지의 염하는 모습을 창밖에서 볼 수 있었다. 배 아래로 천을 가리고 염을 하시는 분들은 아버지를 정성스럽게 닦아주셨다. 그리고 하얀 수의를 입혀드렸다. 우리는 이 모든 절차를 보면서 저마다 아버지와 함께 했던 시간을 떠올리며 슬픔을 토해냈다. 장례식장에서의 모든 절차를 마치고 아버지를 모시기로 했던 산소로 향했다. 이날 날씨는 쌀쌀했지만 햇살은 따뜻했다. 아버지의 산소는 할아버지와 할머니를 모신 양지바른 산등성이에 있었다. 앞에는 강물이 흐르고,

사방에는 산으로 둘러싸인 전경이 사시사철 다른 색을 띠는 아름다운 곳이었다.

아버지의 묘를 만들고 마지막 인사를 드리는데 하얀 나비 한 마리가 아버지 영정사진 가까이 날아왔다. 나비는 앉기도 하고, 날기도 하면서 아버지 곁에 한참을 머물다가 날아갔다. 마치 자연으로 돌아온 아버지를 환영이라도 하는 듯 두 날개를 펄럭이며 맞아주었다.

모든 절차를 마치고 집으로 돌아오는 차 안에서 이런저런 생각이 들었다. 사람의 생명이 길어야 100살인데 아버지는 74세에 돌아가셨다. 한 번 사는 인생 아버지도 당신의 삶을 온전히 살아보고 싶으셨을 텐데 너무 고단하게만 살아오신 것 같아 안타까운 마음이 들었다.

두 처와 열 명의 딸을 책임져야 했던 현실이 얼마나 버거웠을까? 거기다가 친동생들과 조카들까지 신경 쓰시면서 당신의 힘듦을 알아주는 가족은 얼마나 있었을까? 저마다 자신들의 필요를 요구하면서 고마움보다 원망을 전할 때 아버지 곁에서 위안이 되어준 게 고작 술과 담배였다니.

아버지는 가족에 대한 책임감이 강한 분이셨다. 아버지의 유언은 큰집 언니들과 나와 내 동생들을 영원한 가족으로 한 번 더 묶어 놓았다. 덕분에 지금까지 우리는 보이지 않는 끈으로 연결되어 종종 연락하고, 가족 행사 때마다 틈틈이 모이고 있다.

그저 살다 보면
이런 날도 있는 거라고

; 죽고 싶은 게 아니라 살고 싶었던 거구나

4장

인생의 후반전을 좌우하는 하프타임

일찍 책장을 덮지 말라.
삶의 다음 페이지에서 또 다른 멋진 나를 발견할 테니.
— 시드니 셸던 —

축구나 농구 경기에서 전반전과 후반전 사이에 쉬는 시간을 하프타임이라고 한다. 그 시간에 선수들은 이전 경기의 부족한 부분을 점검하고 다음 경기를 위해 감독과 선수들이 서로 의견을 나눈다. 인생에도 전반전과 후반전이 있다. 그 안에서 사람들은 저마다 다른 인생의 하프타임을 경험한다.

내 인생의 하프타임은 몇 년 전 조용히 찾아온 뇌종양을 발견했을 때였다. 이 친구를 만나기 전에는 앞만 보고 달렸다. 나에게 인생의 전반전은 당장 눈앞에 보이는 현실적인 문제를 해결하기 위해 살아왔던 시간이었다면, 후반전은 오롯이 나 자신을 찾아가는 시간 여행이 됐다.

나는 가족이 물질적으로 부족하지 않는 삶을 살기를 원했다. 하지만 남편의 외벌이로는 내가 원하는 질적 생활은 쉽게 찾아오지 않았다. 그런데 나는 직장을 다니지 않았다. 아니, 직장을 찾지 않았다는 게 더 맞을 것이다. 결혼하기 전에는 시간과 재정의 대부분은 나를 위해 사용했지만, 결혼이라는 인생의 반전을 맞으면서 남편과 아이들은 매일 같은 공간에서 나의 직접적인 관심사가 됐다.

아이들이 어리다는 이유로 재취업을 자꾸 보류했다. 그것은 유년 시절 엄마와 떨어져 있는 동안 경험했던 분리불안 트라우마 때문이었다. 이것은 아이들과의 물리적 거리두기에 걸림돌이 됐고, 아이들에 대한 집착으로 이어졌다. 가까운 사람들은 이런 나를 이해하지 못했다. 그들의 눈에는 같은 연령의 주부들의 재취업이 정상으로 보였고, 나는 비정상으로 비췄다. 이런 시선에 못 이겨 살림에 조금이라도 보탬이 되고자 재택근무를 하면서 아이들을 돌볼 수 있는 것을 찾았다. 그러다가 알게 된 일이 블로그 마케팅 일이었다. 본인만 열심히 하면 높은 수익을 낼 수 있다는 선배 마케터들의 말을 듣고 오프라인 모임도 참석하면서 열심히 배웠다.

그러기를 2년이라는 시간이 흘렀다. 그동안 수익을 내기는 했지만, 생각했던 만큼의 수익을 얻지 못했다. 글을 써도 상위 노출이 되지 않거나 키워드 선택을 잘못해서 어렵게 쓴 글이 네이버 1페이지에 노출이 되지 않을 때가 많았다. 3년이 되던 해에 나는 기존에 하던 블로그 마케팅 운영 방법을 바꿔보기로 했다. 가까운 지인을 통해 방법을 알게 되면서 업체에서 부탁하는 원고를 블로그에 올리며 수익을 얻기 시작했다. 다양한 업체에서 연락이 왔다. 그럴 때마다 카테고리 수를 늘려갔다. 이 일은 내가 종일 글을 써서 올렸을 때 수익보다 많았다. 하지만 이 일도 블로그 저품질 현상을 만나면서 오래 하지 못했다.

그 무렵 다른 마케팅 업체의 블로그 네 개도 관리해 주고 있었다. 하나의 블로그에 일상 글만 써주는 것만으로도 만 원씩 받았다. 하루 4만 원씩 주부인 나에게는 재택근무 수익으로 괜찮은 일이었다. 하지만 이 일도 시작한 지 몇 주가 되지 않아 건강에 어려움을 만나면서 멈추게 됐다.

절망스러웠다. 내가 지금까지 달려온 시간과 열정이 한순간에 물거품이 되는 것 같은 좌절감을 느꼈다. 나는 인생의 경기장에서 자꾸 넘어지고, 멈추는 일이 생기는 내 삶에 물음표를 던졌다. 열심히 살아보려고 하는 나에게 왜 자꾸 이런 일이 생기는지 이해할 수 없었다.

수술을 마치고 집으로 돌아온 그날의 기분은 무척 낯설었다. 집도 남편도 아이들도 그대로인데 나만 이전과는 다른 사람이 되어 있었다. 며칠 전만 해도 노트북 앞에 앉아서 일에만 몰두하던 내 모습은 더 이상 찾아볼 수 없었다. 시간이 갈수록 체력적 한계에 부딪히면서 할 수 있는 일도 점점 사라져갔다. 삶의 의욕이 떨어지자 신경도 예민해졌다. 그 무렵 나는 남편과 주말부부로 지내고 있었다. 수술 후 체력이 반 토막이 나면서 아이들과 집안일을 혼자 신경 쓰는 일이 예전 같지 않았다. 거의 매일 두통으로 힘든 시간을 보냈다. 묵직한 철을 든 것 같은 마음의 무게는 아이들에게 부정적인 감정으로 전해졌다.

 그러던 어느 날, 더 이상 이렇게 살 수 없다는 생각이 들었다. 점점 가라앉는 마음을 어떻게든 일으켜 줘야겠다는 생각이 들었다. 그때부터 다시 책을 잡았다. 책꽂이에 장식용으로 꽂혀 있던 오래된 책부터 한 권씩 읽기 시작했다. 주옥같이 좋은 내용들이 책 속에 담겨 있었다. 컨디션이 좋은 날에는 몇 장씩, 힘든 날에는 한두 장씩 읽어 나갔다. 책을 가까이하는 날이 많아지면서 내 인생의 후반전은 어디에 가치를 두고 나가야 하는지 흐릿하게 보이기 시작했다.

생각이 흔들리면 일상이 흔들린다

기분이 우울하면 과거에 사는 것이고,
불안하면 미래에 사는 것이며,
마음이 평화롭다면 지금 이 순간을 살고 있는 것이다.

— 노자 —

남편과 2년간 주말부부로 지낼 때 남편은 안양에서, 나는 아이들과 인천에서 살고 있었다. 어느 날 주말 저녁 남편이 씻으러 간 사이 반복되는 메신저 알림 소리에 남편의 휴대폰을 우연히 보게 됐다. 그런데 모르는 여자의 메시지가 여러 개 날아와 있었다.

그 여자의 메시지를 보면서 이전에도 여러 차례 개인적인 대화를 주고받은 것을 알게 됐다. 순간 심장이 제

멋대로 뛰고, 표정이 굳어졌다. 그리고 온갖 생각들이 머릿속에 들어왔다. 2년 동안 떨어져 지냈지만, 이런 부분에서 한 번도 의심을 해본 적이 없었기에 상당히 충격을 받았다. 나는 이날 남편과 심하게 다퉜다. 남편에게 누구냐고 다그쳤지만 배드민턴 클럽에서 운동만 하는 친구라고 했다.

이 일이 있고 나서 다양한 운동 동호회에 불륜커플이 많다는 걸 그때 처음 알았다. 매스컴에서는 일부 등산, 배드민턴 등의 동호회가 불륜커플의 메카라고까지 나와 있는 것을 보고 또 한 번 충격을 받았다. 처음 남편에게 운동을 권한 건 나였다. 남편은 혈압이 높아서 약을 먹고 있었기 때문에 건강을 위해 정기적으로 하는 운동이 필요하다고 생각했다. 그 무렵 남편의 친한 후배가 배드민턴을 같이 하자고 해서 자연스럽게 시작하게 됐다. 그때는 내가 이런 일로 심각하게 고민하게 될 줄 몰랐다. 며칠이 지나 남편은 오해를 하게 해서 미안하다고 사과를 했지만 나는 떨어져 지내는 내내 불안해했다.

내가 더 불안했던 건 메시지를 보낸 여자와 남편과의 사적인 대화가 너무 친근감이 느껴지기도 했고, 남편이 먼저 대화를 요청했던 일이 몇 차례 있었기 때문이었다. 남편과 친하게 지내는 후배와 그 여자는 대부분 같이 운동을 다녔다. 이런 상황을 알고 있던 나는 더 이상 남편과 주말부부로 지낼 수 없다는 생각에 모든 것을 정리하고 인천으로 들어오라고 했다. 몇 달 후 남편은 안양에서 살던 월세방을 정리하고 집으로 들어오면서 그 일도 정리가 됐다.

나는 그때 결혼생활 처음으로 내 삶이 한 번에 무너지는 기분을 느꼈다. 그 일은 아무 일 없이 지나갔지만, 그 당시 나는 생각에 생각이 부풀려져 온갖 좋지 않은 감정을 끌어안고 며칠을 보냈다. 그리고 나만의 블랙홀로 들어가 반은 정신이 나간 사람처럼 지냈다.

이런 일에 내가 유독 더 예민하고, 며칠 동안 잠을 잘 수 없을 만큼 힘들었던 건 '혹시 남편이 아버지처럼 비슷한 일을 만드는 건 아닐까? 그러면 나는 어떻게 하지?'

라는 생각이 들었기 때문이다.

　나는 아버지의 선택으로 복잡해져 버린 가정의 현실을 살아봤던 나에 대한 걱정과 아이들 걱정까지 미리 끌어 안고 있었다. 적어도 내 아이들에게만은 나와 같은 경험을 대물림하고 싶지 않다는 강한 마음이 그 일에 더 예민하게 작용했던 것이다.

　대화교육전문가인 박재연 대표는 《사랑하면 통한다》라는 자신의 저서에서 부모님의 이혼으로 엄마가 어느 날 집을 나갔던 어린 시절 기억에 대한 불안한 감정을 다음과 같이 풀어놓았다.

“저는 성인이 되어서도 누군가를 사랑하면 불안해졌어요. 언제 또 나를 버리고 떠날지 모른다는 두려움이 늘 있었죠. 그래서 그 사람이 날 정말 사랑하는지 항상 확인했어요. 그가 사소한 행동이라도 나를 서운하게 하면 저는 마구 그를 공격했어요. 이렇게 해도 제 곁에 있어 줄 수 있는지 정말 알고 싶었던 대가로 저는 늘 그 사람을 아프게 했고, 결과적으로는 제 자신이 가장 괴로웠어요.”

어린 시절 엄마의 빈자리가 한 사람의 인생 전체에 얼마나 큰 영향을 미치는지 누구보다 잘 알고 있다. 나의 의지와는 상관없이 엄마와 떨어져 지내야 했던 그 시간에 나는 엄마의 위치와 안전을 늘 확인하고 싶어 했고, 함께 있고 싶어 했다. 이런 경험 때문인지 나는 성인이 되어서도 분리에 대한 불안감이 오랫동안 자리 잡고 있었다.

작가의 노트

과거에 경험했던 위기나 공포와 유사한 일이 발생했을 때, 당시의 감정을 다시 느끼면서 심리적 불안을 겪는 증상을 '트라우마'라고 말합니다. 트라우마를 경험한 사람들은 지나온 아픈 기억이 떠오르면 심각하게 분노하거나 괴로워합니다. 가끔은 한순간에 마음이 무너지는 것을 경험하기도 합니다. 이런 상황이 찾아왔을 때 그 시기를 잘 보내려면 힘든 자신을 인정해 주고, 건강한 방법으로 표현해 주는 것이 중요함을 저는 이때 알았습니다.

이 일로 심리상담사와 한 시간 가까이 통화를 하면서 울음을 토해냈습니다. 그분은 제 말을 들어주고, 마음을 토닥여 줬습니다. 그렇게 하고 나자 어느 정도 마음이 가벼워지는 것을 느낄 수 있었습니다. 그 무렵 김미경 강사의 영상 하나를 봤습니다. 강의의 내용이 다 기억나지 않지만 중요한 부분은 마음에 담고 실천했던 기억이 납니다.

"어둡고 무거운 감정은 하루, 이틀 정도만 머물되 그 이상은 지속되지 않도록 해야 한다. 그 감정을 끌어안고 삼일 이상 생활하게 되면 일상생활을 지속해 나가기가 힘이 든다. 우리 삶에 어느 날 갑자기 일어난 대부분의 일은 어느 정도 시간이 지나면 회석되면서 마음에도 조금씩 힘이 차오르고 이성적인 판단력도 생겨난다. 이것을 알고 있으면 다시 일상으로 돌아오기가 조금은 쉬워진다."

자신의 역사를 마주하는 힘은
또 하나의 자산이다

과거로 돌아가서 시작을 바꿀 수는 없다.
하지만 지금부터 시작하여 미래의 결과를 바꿀 수는 있다.
─ C.S 루이스 ─

몇 년 전 누군가의 부탁으로 일 년 동안 강아지를 키운 일이 있었다. 강아지는 '딸기'라는 이름에 하얀 털을 가진 두 살 된 몰티즈였다. 딸기는 활발하고 애교가 많았지만, 남들에게는 사납게 짖을 만큼 경계심이 심했다. 딸기가 우리 집에 온 지 몇 개월이 지나자 털이 길어지면서 빗질이 잘되지 않았다. 그래서 미용을 하기 위해 애견숍에 데려갔다. 몇 시간 뒤 딸기를 데리러 갔을 때 우리 가족은 놀랐다. 통통하게만 생각했던 딸기는 의외로 마른 체형을 하고 있었다. 그리고 몸 군데군데는 약간의 피부병도 있었다. 피부병은 애견숍에서 권해준 약을 발라주자 시간이 지나 깨끗해졌다.

그동안 털에 가려져 있던 딸기의 모습은 자신의 본 모습이 아니었다. 하지만 몇 달간 딸기를 지켜본 우리 가족 눈에는 털이 풍성한 귀여운 강아지로만 보였다. 그날 맨살을 드러낸 딸기의 모습은 마치 내 삶과 닮아있다는 생각이 들었다. 딸기의 풍성했던 털은 내가 남들에게 좀 더 괜찮은 사람으로 보이려고 했던 과거의 내 모습처럼 보였다.

나는 살아오면서 자라온 환경이 평범하지 않아서 남들의 시선이 주목되는 것을 늘 부담스러워했다. 실수투성이로 살아왔던 삶의 흔적은 자꾸 나를 작은 사람으로 만들어 가는 것 같았다. 그래서 뭔가 더 열심히 해야 한다는 생각을 가지고 살았다. 문제는 나를 포장하는 시간이 길어질수록 진짜 내 모습을 볼 수 있는 시간은 점점 보류됐다. 이 때문에 그동안 살아온 시간을 정면으로 마주하는 것이 무척 힘이 들었다.

　20대의 나는 40대가 되면 내 삶을 기록하는 시간을 가져보고 싶었다. 그리고 40대를 살아가는 지금, 그 생각이 현실이 됐다. 한 사람의 선택으로 엉켜버린 어린 시절 가정사, 벗어나고 싶지만 머물 수밖에 없었던 공간들, 행복하지 않았던 결혼생활 등등의 어두운 내 삶의 이면을 드러내기까지 여러 차례의 심호흡과 용기가 필요했다.

　내가 살아온 시간은 밝은 면보다 어두운 면이 더 많다. 이런 삶을 책으로 내야겠다고 용기를 낸 건 나만큼 아니 나보다 더 힘든 시간을 걸어가고 있을 단 한 사람의 삶이 회복되길 바라는 마음에서 시작됐다. 그 사람에게 나의 경험과 깨달음이 조금이라도 힘이 되었으면 좋겠다.

저는 성격이 내성적이어서 남들 앞에 드러내는 것을 어려워하는 편입니다. 그래서 저의 과거와 현재의 일상을 책에 담기까지 참 많은 시간을 고민했습니다. 책이라는 것이 좋은 이야기만 담으면 좋겠지만, 그렇지 못한 개인사도 담아야 하기에 부담이 컸습니다. 그러나 저는 글로 표현하는 것이 편한 사람임을 알고 나서 초고 전에 프리라이팅으로 많은 이야기를 쏟아냈습니다. 그 결과 저를 객관적으로 볼 수 있는 눈을 뜰 수 있었고, 제 안에 상처를 이전보다 잘 다룰 수 있었습니다. 덕분에 저의 역사를 마주할 수 있도록 책과 글이 또 하나의 자산이 되어주었습니다.

신뢰의 탑도 방심하면 한순간에 무너진다

신뢰는 거울의 유리 같은 것이다.
금이 가면 원상태로 돌아가지는 않는다.
— 헨리 F. 아미엘 —

'신뢰'라는 낱말은 '굳게 믿고 의지한다'는 뜻을 담고 있다. 특히 결혼생활의 신뢰는 믿는 것뿐만 아니라 배우자에게 마음과 몸까지 기댄다는 의미를 갖고 있다. 하지만 살면서 신뢰가 하루아침에 무너져 버린다면 어떤 마음이 들까? 나는 17년이라는 결혼생활 중 한 가지 사건을 통해 남편에 대한 신뢰가 한순간에 무너져 내린 일을 경험했다.

그것은 2년 전 여름 어느 날 남편의 휴대폰에 날아온 광고 문자 하나에서 시작됐다. 남편은 '배당금이 선입금 되었다'라는 문자 한 통을 받고 안내된 링크를 따라갔다. 그곳 사이트에는 자신의 이름으로 몇십만 원의 배당금이 들어와 있었다. 문자를 보낸 사람은 계속 입금을 하게 되면 큰 금액을 쉽게 벌 수 있다고 유혹했다. 남편은 긴가민가 하는 마음으로 소액을 보내기 시작했다. 남편은 배당금과 함께 자신이 넣은 돈의 액수가 불어나는 것을 본 그때부터 걷잡을 수 없는 속도로 그곳에 마음이 빠져들었다. 수중에 돈이 없어지자 직장인 대출을 받거나 지인에게 돈을 빌려 그쪽에서 요구하는 돈을 충당하기도 했다.

남편은 두 달 동안 이 상황을 나에게 숨겼다. 그리고 추석 무렵에 내가 알게 되면서 적지 않은 충격을 받았다. 성실하게 직장 생활만 하던 사람에게 어떻게 이런 일이 일어날 수 있었는지 이해할 수 없었다. 이 사실을 알고 일단 경찰에 신고했다. 담당 경찰은 나와 남편을 번갈아

보면서 말했다.

"남편분은 불법 스포츠 환전 사기 사이트를 접속하셨습니다. 다행히 직접 배팅을 하지 않으시고 그쪽에서 요구하는 금액만 보냈기 때문에 사기 피해 사건으로 접수가 됩니다. 그런데 앞으로 절대 이곳으로 돈을 보내시면 안 됩니다. 그 사람들 절대로 돌려주지 않습니다. 명심하세요. 혹시 다시 전화가 오면 전화번호만 캡처해 두셨다가 저에게 알려주세요. 그리고 통화하시면서 통화 내용을 녹음해서 증거물로 가져오시고요."

남편과 나는 신고를 마치고 막막한 심정으로 경찰서를 나왔다.

피해금이 근 5천만 원에 달했다. 당장 다음 달부터 남편이 대출받은 금융기관에 상환을 해야 하는데 현실적으로 너무 버거웠다. 어느 날 지인을 통해 소개받은 법무사님께 우리 가정의 상황을 말씀드렸다. 그분은 지금 상황에서는 개인회생을 고려해 볼 수 있지만 그러기 위해서는 현재 살고 있는 집을 내놓고 월세로 옮겨야 한다고 말씀하셨다. 우리는 다음 날 전셋집을 부동산에 내놨다. 그리고, 집이 하루빨리 빠지기만을 기다리고 있었다. 그런데 그 뒤로 한 달 반 동안 남편은 또 나를 속이고 돈을 받기 어렵다는 그곳으로 계속 돈을 보냈다.

이 사실을 알고 나서 나는 정말 미쳐버릴 것만 같았다. 왜 자꾸 이런 일을 만드는지 도저히 내 상식으로는 남편을 이해할 수 없었다. 경찰서에서 본인이 직접 사건이 잘 처리될 수 있도록 부탁까지 했던 사람이라 나는 의심의 여지가 없었다. 그런데 같은 일을 한 달 반 동안 반복하고 있었다는 사실이 너무 황당했고, 배신감이 들었다. 두 번째 사건을 알게 되자 나 혼자의 힘으로는 불가능해 보였다. 이번에는 시댁 식구들에게 모두 알려야겠다고 마음먹었다. 하지만 남편은 식구들에게 말하지 말라고 부탁했다.

추석 무렵에 일어난 남편의 첫 번째 일은 큰형님께만 말씀드렸다. 그리고 경찰서에 신고한 것으로 마무리를 지으려고 했다. 하지만 두 번째 사건을 알고 나서는 상황이 달랐다. 혹시나 더 일어날 수 있는 피해를 막아야 했고, 남편의 행동을 멈춰야 했다. 이 사실을 알게 된 시부모님은 그렇게 믿었고, 성실했던 막내아들에 대한 배신감으로 상당히 큰 충격을 받았다. 그 외의 가족도 마찬가지였다. 내가 가장 괴로웠던 건 이 일을 일으킨 장본인인 남편을 매일 집에서 봐야 한다는 현실이었다. 그를 볼 때마다 배신감이 느껴져 비난과 원망의 말들이 목구멍까지 차올랐다. 하지만 아이들이 함께 있었기 때문에 겉으로 티를 낼 수 없었다.

시부모님이 이 사실을 아시게 된 날, 남편은 어머님의 전화를 계속 피했다. 퇴근시간 무렵 시어머님이 나에게 전화를 하셨다. 상당히 화가 난 목소리였다.

"들어왔니?"

"네."

"바꿔라."

남편은 시어머님과 길게 통화를 했다. 통화가 끝나고 방으로 들어갔다.

"왜 엄마한테 말했어? 내가 하지 말라고 했잖아."

남편은 나에게 화를 냈다. 그리고 밖으로 나가 소주 두 병을 사와 병째로 마시기 시작했다. 나는 그 순간 남편을 붙잡고 오열했다.

"당신, 아직도 정신을 못 차렸어. 자기는 몇 분 동안 어머님께 야단맞은 걸로 나한테 화가 났지? 그런데 나는? 한 달 반 동안 아니, 지난번 일까지 합치면 거의 네 달 동안 당신은 나를 속였어. 내가 느끼는 배신감은 당신이 느끼는 거에 비하면 몇천 배, 몇만 배가 넘어. 알아? 어떻게 그래? 당신이 사람이야? 당신 한 사람의 실수가 얼마나 여러 사람을 힘들게 하는지 알기나 해? 제발 정신 좀 차려. 제발!"

나는 그동안 꾹꾹 누르고 있었던 화를 눈물과 함께 쏟아냈다.

"나는 당신 비난하거나 원망 같은 건 하고 싶지 않아. 우리 지난번에 말했잖아. 당신은 나랑 계속 살고 싶다고 했고, 나는 가정을 지키고 싶다고 했어. 앞으로 서로 노력하는 것밖에는 없어. 사람은 누구나 실수할 수 있어. 하지만, 더 이상의 반복은 안 돼. 절대로. 이건 우리 가족 모두를 다 비참하게 만드는 거야."

　나는 말을 끝내고 한참을 울었고, 남편은 초점 흐린 눈으로 벽만 쳐다볼 뿐이었다.

작가의 노트

그 시간 이후 다행히도 남편은 그 일을 멈췄습니다. 그날 저에게 가장 크게 와닿았던 단어가 '신뢰'였습니다. 신뢰는 집을 짓는 것과 같습니다. 집을 지을 때는 철근을 세우고, 시멘트를 바르고, 마르기 전까지 기다리는 수고가 필요합니다. 사람과 사람 사이의 신뢰도 마찬가지입니다. 신뢰는 시간이 갈수록 깊어지고 단단해집니다. 특히 부부의 연을 맺고 사는 사람들에게는 더 그렇습니다. 가정은 믿음을 바탕으로 세워지기 때문에 부부 두 사람의 삶 전 영역에서 이 부분을 절대 빼놓을 수 없습니다. 부부는 제일 가까운 사이지만, 헤어지면 바로 남이 되어버리는 관계입니다. 그렇기에 어느 한 사람의 실수로 신뢰가 무너지면 배우자는 깊은 배신감으로 정신적 충격을 받게 됩니다.

이 시대에 깨져가는 많은 가정의 원인은 서로에 대한 신뢰에 금이 가는 일로 대부분 시작됩니다. 문제의 종류와 크기만 다를 뿐 이 부분이 가장 많이 차지합니다. 신뢰는 쌓이기까지 오랜 시간이 걸리지만, 무너지는 데는 단 5분도 걸리지 않는다는 사실을 기억해야 합니다.

해결의 길은 문제를 대하는 마음에서
시작된다

실패는 우리가 어떻게 실패에 대처하느냐에 따라 정의된다.

— 오프라 윈프리 —

남편의 두 번째 사건을 알게 됐을 때 감당할 수 없는 배신감으로 며칠간은 눈물만 흘렸다. 하지만, 당장 다음 달부터 대출금 상환 연락이 올 걸 생각하니 언제까지 울고만 있을 순 없었다. 이번 일은 도저히 혼자 해결할 자신이 없었다. 이 문제를 도와줄 전문가의 도움이 절실했다. 어디서부터 어떻게 일을 처리해야 하는지 생각했다. 우선은 경찰과 은행에 신고를 마치고 재정적인 부분을 다루어야 했다. 그리고 남편이 더 이상 같은 행동이 반복되지 않도록 대책을 세워야 했다. 가장 먼저 한국도박문제 관리센터에 연락했다.

"남편분은 환전 사기를 당했지만, 내면에서는 쉽게 돈을 벌고자 하는 사행성 심리가 작용했습니다. 그렇기 때문에 직접적으로 도박을 했던 사람들과 심리적인 면에서는 비슷합니다. 적극적인 치료가 필요합니다. 그리고 가족 간의 신뢰를 회복하기 위해서는 가족치료도 함께 병행하시길 권합니다."

상담사와 이야기를 나누면서 우리나라에 도박 문제로 어려움을 호소하는 사람들이 의외로 많다는 사실을 새롭게 알게 됐다. 요즘은 인터넷의 발달로 과거보다 더 많은 사람이 도박에 쉽게 빠진다고 한다. 특히 온라인 불법 도박이 흥행하면서 청소년과 성인들이 그 피해자가 되어간다는 사실에 안타까웠다. 이 중에 소수의 사람은 자신의 의지로 불가능한 것을 인정하고 단도박(도박을 끊는 것)을 위해 선문기관에 직·간접적으로 도움을 구한다고 한다.

그다음은 부채클리닉 전문상담사를 만났다. 앞으로 가정의 재정적인 부분을 어떻게 다루어야 하는지 조언이 필요했다. 상담사는 부채 상환에 관한 다양한 방법을 제시해 주었다. 그리고 개인회생과 신용회복위원회 절차를 자세히 알려줬다. 문제를 해결해 가는 과정에서 어느한 청년의 안타까운 소식을 뉴스를 통해 접했다. 430만원을 보이스피싱 조직에 속아 사기를 당하고 심리적인 압박감을 이기지 못해 극단적인 선택으로 생을 마감했다는 소식이었다. 마음이 아팠다. 해결할 수 있는 방법만 알았더라면, 누군가에게 조금만 도움을 구했다면 한 번뿐인 자신의 삶을 놓지 않았을 텐데 하는 안타까움이 들었다.

작가의 노트

살다 보면 본인의 의지와는 상관없이 가까운 가족의 실수로 일어난 문제를 적극적으로 나서서 해결해야 될 때가 있습니다. 가족을 보면서 실망과 배신, 좌절이라는 감정들이 하루에도 수차례 널을 뛰는 일이 반복되기도 합니다. 하지만 가족이기 때문에 용서하고 다시 믿어 보기를 선택하게 됩니다. 문제는 많은 가정이 이 부분을 수용하기를 어려워합니다.

해결 방법을 모색하기 전에 또는 모색하는 중간에도 부부의 관계에 금이 가고, 가정이 깨지기도 합니다. 심지어는 위의 청년과 같이 극단적인 선택으로 생을 마감하는 사람들도 있습니다. 인생에서 돈은 밀물과 썰물과도 같습니다. 들어왔다가 나갔다가를 반복하는 것이 돈이지요. 하지만, 사람의 생명은 한번 놔버리면 영원히 돌이킬 수 없습니다.

문제를 만나는 사람들의 마음에는 두려움이 가득 차 있어서 이성적으로 올바른 판단을 내리기가 쉽지 않습니다. 그래서 곁에 있는 가족이 적극적으로 나서서 문제를 함께 해결해 나갈 수 있는 방법을 찾아봐야 합니다. 단, 당사자와 가족이 어떤 마음으로 문제를 다루느냐에 따라 다른 결과를 만들어 내기에 마음을 모으는 것이 중요합니다.

삶의 지진 속에서도 일상을
살아내야 하는 이유

.

우리를 시시각각으로 괴롭히는

수많은 크고 작은 불행은 우리를 연마해서

커다란 불행에도 견딜 수 있는 힘을 양성해 주며,

행복하게 된 후에도 마음이 흔들리지 않도록

단련케 하는 사명을 가지고 있다.

— 쇼펜하우어 —

계절이 바뀌고, 태풍이 불어도 해가 뜨고 지는 반복되는 일상은 여전히 우리에게 찾아온다. 태풍이 멈추더라도 시간은 멈추지 않는다. 그래서 우리는 삶의 지진이 일어나도 매일 반복되는 하루를 살아내야 한다. 남편의 문제를 수습하는 과정에서 여러 차례 감정의 변화가 찾아왔다. 방금 했던 말도 잊어버리고, 그날 해야 하는 일도 손에 잡히지 않는 날이 많았다. 어느 날은 정신없이 혼자 울다가도 어느 날은 혼이 나간 사람처럼 멍하니 앉아 있기도 했다. 그러다가 문득 '이러다가는 내가 이상해질 것 같다'는 두려움이 몰려왔다.

정신을 차리고 둘러보니 아이들이 보였다. 그리고 해야 할 집안일들이 눈에 들어왔다. 순간 어떻게든 지금의 상황을 살아내야겠다는 생각이 들었다. 그리고 내가 중심을 잡지 않으면 안 될 것 같았다. 이 일로 인해 감정적으로 아이들을 대하고 싶지 않았다. 평정심을 잃지 않으면서 아이들과 일상을 보내고 싶었다. 그래서 가족이 없는 낮에는 좋아하는 강의를 듣거나 글을 쓰면서 불편한 감정들을 걷어내는 작업을 했다.

낮 동안 추스른 마음으로 아이들이 학교에서 오면 간식을 챙겨주고 학습을 뵈주면서 저녁에는 가족들의 먹거리를 준비했다. 간혹 시댁에서 전화를 주실 때면 걱정하지 않으시도록 안심시켜 드렸다. 우리 가정에 일어난 문제와 상관없이 살아내야 하는 일상은 매일 반복됐다. 이 일로 인해 다른 일까지 영향을 받게 할 수는 없었다.

시댁 어른들과 가족을 생각할 때마다 남편과 했던 약속을 떠올렸다.

'난 당신을 다시 믿기 위해 노력할 거고, 자기는 나에게 믿음을 주기 위해 노력해야 해.'

내가 남편에게 말했던 노력 안에는 지금까지 잘 지켜왔던 아내와 엄마, 그리고 며느리의 자리를 지켜가는 것이 포함되어 있었다. 그리고 남편에게 무너졌던 믿음을 세워가는 것도 해당됐다. 노력에 대한 약속을 하나씩 실행해가던 어느 날 김창옥 강사의 《지금까지 산 것처럼 앞으로도 살 건가요?》라는 두 번째 저서를 읽게 됐다. 책속에서 '삶의 지진을 기회로 바꾸는 사람'이라는 주제로 다루어 놓은 몇 가지 문장들이 나의 먹먹한 현실을 말해주는 것 같았다.

"'그럴 수도 있다'라는 유연한 내면세계는 내진 설계가 잘 된 건물처럼 삶이 흔들려도 잘 지나갈 수 있는 마음의 집이 됩니다. 열쇠는 우리 자신 안에 있습니다. 삶의 지진이 찾아왔을 때 자신에게 '로또보다 더 어려운 지진 체험, 축하한다'고 말해 주십시오. 그러면 지진 이후의 삶이 새로워집니다."

문장 하나하나가 마음에 와닿았다. 마치 나와 우리 가정의 상황을 다 알고 기록된 것처럼 느껴져 폭풍 공감이 일었고, 위로를 받았다. 반복해서 읽는 동안 계속 눈물이 흘렀다. 그리고 내 삶에 찾아온 지진을 '그럴 수 있어'라고 말해보기로 했다. 삶의 지진 앞에서 반복되는 일상을 흔들림 없이 살아간다는 건 무척 어려운 일이다. 하지만 살아내야 한다. 그 이유는 존재만으로도 소중한 나를 지키기 위해서이고, 나와 연결된 가족과 나를 아는 모든 사람을 위해서이다. 그리고 삶의 또 다른 지진을 만난 누군가에게 희망을 심어주기 위해서이다.

나쁜 일이 가르쳐 준 것

"나쁜 일에서도 분명 많은 것을 배울 수 있다.
그러면 그것은 더 이상 나쁜 일이 아니다."
― 제임스 알렌 ―

'왜 나는 하는 일마다 안되는 걸까?', '이번에도 안되면 어떻게 하지?', '내가 이럴 줄 알았어. 거봐 이번에도 안 됐잖아.'

살면서 이 같은 질문을 던져본 경험이 있을 것이다. 걱정과 근심에 둘러싸인 질문을 자주 하는 사람의 패턴을 보면 대체적으로 일의 결과가 좋지 않을 때가 많다. 그 이유는 부정적인 생각이 부정적인 결과를 끌어당기는 원리에 맞게 살고 있기 때문이다.

남편과 나는 오랫동안 부정적인 사고에 길들어져 있던 사람들이었다. 서로의 행동 뒤에 숨겨진 원인을 살펴보기 전에 눈에 보이는 대로 상대를 판단하기 바빴다. 이런 패턴은 우리 두 사람 모두에게 좋지 않은 영향을 미쳤다. 무엇보다 결혼생활에서 서로의 말과 행동이 마음에 들지 않을 때마다 갈등을 겪었다.

《나를 바꾸면 모든 것이 변한다》의 저자 제임스 알렌은 나쁜 일이 일어나는 이유에 대해 다음과 같이 말했다.

> "나쁜 모든 일은 '원인과 결과의 법칙'에 따라 일어날 만하기 때문에 일어나는 것이다. 만약 '나쁜 일'이 일어났다면 그가 그럴 만한 사람이었거나 그것으로부터 무언가를 배울 필요가 있었기 때문이다. '나쁜 일'을 통해 배울 때마다 더 강하고 현명하며 더 고상한 인간으로 성장할 수 있다."

책을 읽는 동안 남편을 통해 일어난 가정의 문제가 '원인과 결과의 법칙'에 따라 생긴 일이라는 것을 추측할 수 있었다. 덕분에 이번 일을 통해 나는 다음의 4가지 항목을 노력하게 되었다.

첫째는 돈을 쓰는 습관이다. 과거에는 신용카드로 물건을 사는 것을 마치 당연한 소비자의 권리로 여겼다. 월급날이 돌아오면 카드값이 빠져나간 빈자리를 또 다른 카드로 충당했다. 하지만 지금은 신용카드 없이 체크카드로 정해진 수입 안에서 생활하기 위해 노력하고 있다. 이 습관을 온전히 길들이는데 근 6개월 이상의 시간이 걸렸다. 덕분에 통장 잔고를 수시로 확인하는 습관이 생겼다. 그리고 오랜 시간 '돈이 없어'라는 부정어를 현재 가진 것에 감사하며 '돈이 있어'라는 긍정어로 말하는 연습을 시도했다.

둘째는 용서하기 어렵다고 생각했던 사람도 인간의 연약함을 수용하게 되면 용서가 가능함을 알게 됐다. 사람은 누구나 실수할 수 있다. 실수 없이 사는 완벽한 사람은 없다. 단, 실수를 반복하지 않는 지혜가 필요함을 아는 것이 중요했다.

셋째는 예고 없이 문제를 만났을 때 이성적으로 현실

을 바라보는 것과 침착함을 잃지 않는 것이 얼마나 중요한지를 배웠다. 그리고 어려운 상황에서도 일상을 살아내기 위해서는 마음의 중심이 흔들리지 않도록 잡고 가야 하는 것도 깨닫게 됐다.

마지막으로 문제를 해결하기 위해 법적인 절차를 밟는 서면적인 부분을 배울 수 있었다. 일을 처리하는 과정에서 혼자 바쁘게 움직이는 시간이 많았지만, 덕분에 앞으로 나와 같은 일을 만나게 될 사람들에게 어떻게 조언해줘야 하는지 알게 됐다.

작가의 노트

사람은 당장 몇 시간 앞에 일도 알지 못합니다. 언제 어디서 무슨 일을 만나게 될지 모르는 게 인생이지요. 그래서 문제를 만났을 때 우왕좌왕하거나 정신을 차리지 못하면 쉽게 해결될 일도 어렵게 만들 수 있습니다. 사람에게 일어나는 나쁜 일은 무게와 크기의 차이일 뿐 누구나 경험할 수 있습니다. 단지 나쁜 일을 바라보는 시선과 마음에 따라 그 일을 감당할 수 있느냐, 없느냐가 달려있을 뿐입니다.

용서는 나를 위해 필요한 절차

진정으로 용서하면 우리는 포로에게 자유를 주게 된다.
그러고 나면 우리가 풀어준 포로가
바로 우리 자신이었음을 깨닫게 된다.
— 루이스 스메데스 —

용서의 기준점이 어디인지 간혹 혼란스러울 때가 있다. 어디까지 해야 하고, 하지 말아야 하는지 한참을 고민해도 답을 얻기 힘들었던 우리 가정의 일은 나에게 용서의 진정한 가치를 가르쳐 주었다.

용서는 인간이 할 수 있는 가장 위대한 일이라고 누군가는 말했다. 그 위대한 일에 순응하기까지 내 마음은 하루에도 수없이 파도가 일었다. 2019년 11월 1일, 남편의 사기 사건을 두 번째로 알게 된 날이다. 기억하고 싶지 않은 숫자인데 내 머릿속에 각인이 되어버렸다. 이날 이후 몇 달간은 내 안에 밀려오는 부정적인 소리들이 매 순간 나를 괴롭혔다. '이런 일을 만났는데 미워하는 게 당연해. 두 번이나 속였잖아. 앞으로 불안해서 어떻게 살 거야?'라는 어둠의 목소리가 마음에서 들려왔다.

아침, 저녁으로 남편을 볼 때마다 이 말들은 더 크게 들리는 듯했다. 복잡한 마음을 안고 힘없이 소파에 몸을 의지했던 어느 날 부모님이 떠올랐다. 그분들이 어떻게 가정을 지켜오셨는지, 두 분의 어머니께서 자식들을 위해 아버지와의 힘든 삶을 어떻게 극복하시며 살아오셨는지를 돌아보게 됐다.

아버지의 억척스러운 성격을 맞추며 오로지 자식들을 위해 긴 세월을 버텨주셨던 두 어머니의 마음이 전해졌다. 그리고 자신의 실수로 복잡해져 버린 가정을 책임져야 했던 아버지의 무게도 전해졌다. 세 분의 부모님은 당신들 앞에 놓인 현실을 운명으로 받아들이며 억척스러운 삶을 살아내셨다. 그리고 서로를 향한 원망과 용서의 수많은 교차로를 지나면서도 자식들의 든든한 버팀목이 되어주셨다. 이런 부모님을 떠올리자 나 역시도 어떤 상황에서도 가정을 지켜야겠다는 마음이 올라왔다. 그리고 나를 옥죄는 사슬을 벗겨주고 싶었다.

《지혜와 겸손》의 저자 점전식은 용서에 대해 다음과 같이 말했다.

"상처에 집착하는 것은 자기 자신을 불행하게 만든다. 용서는 자신을 위해 상처를 떨쳐버리는 것이다. 상처의 진정한 치유는 용서에서 온다. 용서는 자신 안에 갇힌 에너지를 밖으로 내보내 세상에 선한 일을 하는데 쓸 수 있게 한다. 용서는 삶 속에서 실천할 수 있는 큰 수행이다. (중략) 누군가를 용서한다는 것은 알고 보면 자신을 위한 것이다. 타인을 용서치 못한다면 스스로 건너야 하는 다리를 부스는 것이나 마찬가지다. 죄를 저지른 자와 피해를 입은 자, 모두에게 용서는 필요한 법이다."

살다 보면 용서를 선택해야 하는 일들이 의외로 많이

찾아온다. 저마다 용서의 대상이 다르고, 상황이 다를 뿐이다. 그래서 나는 용서를 무조건 수용하라고 말할 수 없다. 그러나 용서는 상대를 위한 것이 아닌 나를 위해 필요한 절차임은 분명하다. 상대가 누구든, 어떤 문제를 만났든지 마음이 불편한 건 나 자신이 되기 때문이다. 용서를 선택하지 않을 때 원망이나 미움이라는 감정이 마음을 차지한다. 문제는 이 같은 감정을 오랫동안 품게 되면 마음이 힘들어진다는 것이다. 용서는 상대를 향해 닫혀 있던 마음의 빗장을 풀 수 있는 유일한 열쇠이다. 열쇠의 주인은 자신이며 열쇠의 사용 여부에 따라 인생의 변화는 다양하게 찾아온다. 이 사실을 발견한다면 선택이 조금은 쉬워질 것이다.

희망은 불가능한 것을 이룬다

희망은 볼 수 없는 것을 보고,
만질 수 없는 것을 느끼고 불가능한 것을 이룬다.
— 헬렌 켈러 —

  그날 아침은 유난히 비가 많이 내렸다. 장마가 본격적으로 시작되었는지, 아니면 끝물이었는지 기억은 잘 나지 않지만, 빗줄기는 열 달 동안 어두운 터널에 갇혀 있던 내 마음을 씻어주기라도 하는 듯 거세게 퍼부었다.

  사건의 마지막 종점을 찍었던 2020년 8월을 하루 앞 둔 그날의 마음은 두 가지로 나눠 있었다. 하나는 (사건이 해 결돼서) 열 달 동안 태아를 품고 있던 산모가 산고를 끝내고 한순간에 몸이 가벼워지는 듯한 느낌이었고, 또 하나는 (가해자 측 가족이 떠올라서) 빨래가 다 마르지 않은 꿉꿉함이 남아있는 듯한 느낌이었다.

사건이 해결되기 전 몇 개월 단위로 가해자들이 한두 명씩 잡혔다는 소식과 함께 합의에 관한 이야기를 전해왔다. 이 일에 연루된 가해자들은 젊은 20대 청년 세 명이었다. 가해자 측에서 처음 연락을 준 사람은 가해자 중 한 청년의 직장 상사였다.

"여보세요. ○○○씨 배우자 되시나요?"

"네! 누구세요?"

"저는 □□□의 직장 상사입니다. 안녕하세요! 저희 직원이 최근에 구치소에 수감된 사실을 얼마 전에 알게 되었습니다. 평소에 너무 성실하게 근무했던 직원이라 저도 이 사실이 믿어지지 않아 놀랐습니다. 이번 일로 마음고생 많으셨지요? 제가 대신 사과드립니다. 너무 죄송합니다. 그래서 합의 부분에 대해 말씀드리고자 연락드렸습니다.

현재 가해자 측 가족의 사정이 좋지 않아서 제가 이번

일에 나섰습니다. 직원의 형량이 최대한 줄어들 수 있도록 합의를 했으면 합니다. 피해금 전액은 어렵지만 제가 60%는 가해자 대신 지급해 드리겠습니다. 이 부분에 대한 자세한 상황은 직접 뵙고 말씀드리겠습니다."

나는 '세상에 이런 사장님도 다 계시는구나' 싶어 놀랐다. 그리고 몇 개월 뒤 인천지방법원 카페에서 처음 가해자 측 사람들을 만났다. 변호사를 비롯해 가족과 직장 상사가 나와 있었다. 나는 그날 그동안 얼마나 힘든 시간을 보냈는지, 현재 어떤 상황에 놓여 있는지 최대한 이성적으로 말하려고 했다. 하지만 마음과는 달리 그동안의 일이 떠올라 사람들 앞에서 참았던 눈물을 터트리고 말았다.

그보다 더 힘들었던 건 좋은 사람들과 이런 일로 마주하게 된 상황이었다. 마음이 무척 불편했다. 또 누군가의 사과를 받는 자리에 내가 있다는 것이 너무 낯설었다. 이날 합의에 대한 이야기를 구체적으로 나눴다. 그것은 신고된 피해금 중 60%를 먼저 받고, 나머지 금액은 일 년 반 동안 매달 조금씩 나누어 받기로 결정했다. 그리고 몇 주 뒤 최종 합의가 이루어지면서 근 10개월이라는 긴 시간 동안 끝나지 않을 것 같았던 사건이 마무리됐다.

처음 남편의 사건을 신고하러 갔을 때 경찰은 말했다.

"이런 일로 신고하러 오신 분들 대부분 피해금을 거의 돌려받지 못했다고 들었습니다. 돌아오는 게 희박하더라고요." 하지만 나는 경찰서 문을 나설 때 '만약 받을 수 있는 확률이 만 분의 일이라면 그 만 분의 일은 우리 가정이 될 거야'라는 믿음을 가졌다. 그런데 그 확률이 진짜 우리 가정에 현실이 됐다. 이 사실을 알게 된 주위에 많은 사람은 기적이라고 말했다. 10개월의 여정을 돌아보면서 어떻게 지나왔는지 지금도 생각하면 기적이 따로 없다. 사건을 접수했던 그 당시만 해도 가해자들이 언제 잡힐지, 피해금은 돌려받을 수 있을지 알 수 없었다. 이 막연했던 일이 어느 순간 해결이 되었다는 사실을 나는 한 달이 지나서야 실감할 수 있었다.

나는 문제가 수습되는 열 달 동안 중심을 잃지 않기 위해 일상에서 몇 가지 행동을 거의 매일 반복했다. 개인적으로 이 행동들이 문제 해결에 적지 않은 도움이 되었다고 믿는다.

첫째는 문제를 끌어안고 걱정하지 않기 위해 거의 매일 글을 쓰고 책을 읽었다. 이미 일어난 문제는 내가 해결할 수 있는 선을 넘었기 때문에 언제 해결될까를 고민할 시간에 글 하나를 더 쓰는 게 정신건강에 좋을 것 같았다. 무엇보다 글의 힘을 알기에 마음이 복잡하고 생각이 많은 날에는 글로 감정을 쏟아냈다. 그러고 나면 훨씬 마음이 가벼워지는 것을 느꼈다.

둘째는 모든 일에 감사하는 마음을 가질 수 있도록 연습했다. 감사가 가져다주는 긍정적인 변화를 기록해 놓은 책을 읽고, 일상에서 실천하면서 삶에 일어날 변화를 기대했다. 하루에 수십 번, 수백 번 '감사합니다'라는 말을 마음으로 고백했다. 이런 시간이 늘어날수록 화를 내거나 큰소리로 말하는 일이 줄어들었다. 그리고 일상의 여러 가지 상황을 이성적으로 대할 수 있는 마음의 여유를 가질 수 있었다. 덕분에 감사가 감사를 불러오는 소소한 경험도 할 수 있었다.

셋째는 긍정적인 생각과 말을 사용하려고 노력했다. '모든 일은 잘될 거야'라는 말은 '잘 되게 해 주셔서 감사합니다'라는 확언으로 바꿨다. 그리고 집에서는 말 한마디라도 좋은 말을 쓰려고 노력했다.

넷째는 남편에 대한 용서와 새로운 믿음을 세우기 위해 애썼다. 두 번째 사건을 알았을 때 그에 대한 의심은 꼬리에 꼬리를 물고 나를 괴롭혔다. 더구나 그와 떨어져 있는 시간에는 의심하는 마음이 틈틈이 올라왔다. 하지만 이런 것들이 나를 얼마나 힘들게 하는지 알기에 불신의 마음을 버려야겠다고 여러 번 다짐했다. 남편은 이런 나의 바람을 알았는지 한 달간 여러 금융기관의 독촉 전화를 견디며 자신의 일터에서 다시 묵묵히 일해주었다. 나는 그런 남편의 모습에 조금씩 마음의 안정을 찾아가기 시작했고, 그에 대한 새로운 믿음을 다시 쌓아갈 수 있었다.

다섯째는 매일 절박한 마음으로 소원을 썼다. 100일동안 쓰는 《심플래너》를 300일 동안 세 권을 쓰고, 이와 관련된 자기계발서도 읽으면서 희망을 놓지 않았다. 매일 세 가지 소원을 확언으로 쓰면서 세 번째 소원인 '우리 가정과 나의 건강에 좋은 소식을 계속 들었다'라는 문장을 동일하게 세 권에 기록했다. 이 확언은 놀랍게도 문제의 실마리가 좋은 방향으로 풀리는 소식을 가져왔다. 그리고 나의 건강에 대한 좋은 소식도 들려주었다.

마지막으로 여섯째는 이 일이 하루빨리 해결되길 바라는 마음으로 성경 구절 세 개를 놓고 매일 기도했다.

> 믿음은 바라는 것들의 실상이요. 보이지 않는 것들의 증거니라 (히브리서 1:11)
> 너는 내게 부르짖으라 내가 네게 응답하겠고, 네가 알지 못하는 크고 비밀한 일을 네게 보이리라 (예레미야 3:33)
> 그러므로 내가 너희에게 말하노니 무엇이든지 기도하고 구하는 것은 받은 줄로 믿으라 그리하면 너희에게 그대로 되리라 (마가복음 11:24)

그리고 아래 문장을 포함해 60개에 가까운 기도 제목

도 거의 매일 기도했다.

"가해자가 모두 잡히게 하심을 감사합니다. 피해금 전액을 받게 하심에 감사합니다."

'하늘은 스스로 돕는 자를 돕는다'라는 말이 있다. 10개월이라는 어둠의 터널을 무사히 빠져나올 수 있었던 건 남편과 내 안에 간절한 마음과 많은 분의 기도가 하늘에 닿아서 이루어진 결과라 믿는다.

우리 가족은 이 사건이 마무리되고, 35일째가 되던 날 이전에 살던 집보다 더 밝은 집으로 이사를 했다. 비록 전세에서 월세로 사는 세입자가 됐지만, 현재 우리 부부는 많은 것을 내려놓고, 다시 시작하는 마음으로 살아가고 있다. 이 일을 경험하고 나서 나는 처음 책 쓰기를 시작하기 위해 특강에 참석했던 그날 들었던 로마서 5장 3절~4절 성경 구절이 떠올랐다.

'다만 이뿐 아니라 우리가 환난 중에도 즐거워하나니 이는 환난은 인내를, 인내는 연단을, 연단은 소망을 이루

는 줄 앎이로다'

내 앞에 준비된 환난이 남편을 통해 오게 될 줄 그때는 몰랐다. 우리 부부는 이 과정을 통해 어려움 앞에서 견뎌야 하는 인내를 배웠고, 연단을 받으며 소망을 이루는 법을 알게 됐다. 그리고 삶의 폭풍 속에서도 중심을 잃지 않고 걸어가야 하는 이유와 진정한 용서와 믿음이 가져다주는 소중한 교훈까지 얻었다.

그럼에도 불구하고 한 것만 남는다

삶을 지속하는 유일한 방법은 완수할 과업을 가지는 일이다.

― 고든 올포트 ―

사람들은 연초에 새 달력을 보며 기대에 부푼 마음으로 많은 계획을 세운다. 이것도 하고 저것도 해보겠다는 다짐으로 며칠씩 길게는 몇 주 동안 나름대로 실천해 본다. 하지만 연말이 되면 막상 이루어낸 일이 많지 않다는 생각에 쓸쓸한 표정과 함께 마지막 달력을 넘긴다. 나 역시 지금까지 살아온 삶의 패턴이 위와 딱히 다르지 않았다. 하지만 감사하게도 지난 시간을 돌아보니 그래도 한 것만 남아 있었다. 그중의 하나를 꼽는다면 책 쓰기였다.

내가 만약 건강이 약해서, 가정에 일이 생겨서 등등의 이유로 이 일을 나중으로 미뤘다면 아쉬움을 안고 여전히 내 꿈의 변두리에 있었을 것이다.

지난날의 남편의 사건은 내 삶을 송두리째 흔들어 놓기에 충분했다. 계획했던 모든 일이 한순간에 무너져 내리는 듯했다. 이 이유로 책 쓰기를 미룰까도 고민했다. '지금 당장 닥친 문제 먼저 수습해야 하지 않을까, 지금 이 상황에 내가 무슨 책을 써. 당장 일자리를 알아볼까?' 이런 생각들이 밀려오자 마음이 복잡해지면서 그날 정해진 분량의 글을 쓰지 못했다. 나는 불안한 마음을 안고 책 쓰기를 약속했던 출판사로 연락을 해 자초지종을 말했다. 하지만 대표님은 냉정하리만큼 따끔한 충고와 함께 계속해보라고 말했다. 사실 나는 위로를 받을 줄 알았다.

"얼마나 힘드세요. 지금 마음으로는 어려우실 거예요. 상황이 정리되면 다시 연락해 주세요."라는 말을 들을 줄 알았는데 예상과는 전혀 다른 말을 들어서 당황했다. 한 시간 가까이 통화를 하고 전화를 끊었지만 기분이 좋지 않았다. '지금 내 처지를 얼마나 아신다고 저렇게 말씀하실까?' 하면서 서운하기도 했다. 하지만 시간이 지나 돌아보니 대표님의 말씀을 듣고 포기하지 않기를 잘했다는 생각이 들었다. 만약 내 생각대로 모든 것을 내려놓았다면 아마 여기까지 오지 못했을 것이다. 아니 어쩌면 내 인생에 책 쓰기라는 기회는 영영 오지 않았을지도 모른다. 그렇다. 내가 하던 것을 멈춘다고 해서 이미 일어난 일을 돌이킬 수 있는 것도 아니고, 당장 해결할 수 있는 문제도 아니었다. 그 상황에 나와 남편에게 남은 숙제는 조금씩 문제를 수습해 가면서 여전히 일상을 살아내는 것뿐이었다.

《나는 나무에게 인생을 배웠다》의 저자 우종영 나무의사는 50대 중반에 갑작스럽게 다리 수술을 받게 되었다. 수술 후 의사로부터 한동안 바깥출입이 쉽지 않을 거라는 말을 들었다. 그 이후 계절이 두 번이나 바뀌고 집에만 있는 시간이 많아지자 저자는 낮아진 자신감과 불안함이 엄습하면서 괴로운 시간을 보냈다. 그러던 어느 날 그는 문득 아무것도 하지 않으면 아무 일도 일어나지 않는다는 지극히 평범한 사실을 깨닫고 목발을 짚고 지리산 종주를 시도했다. 산행 첫날 건강한 사람의 걸음으로 서너 시간이면 충분한 거리를 우종영 나무 의사는 새벽부터 늦은 밤까지 걸어서 산장에 겨우 도착했다. 저자는 이 일을 통해 다음과 같은 깨달음을 얻게 되었다고 말했다.

> "어떤 어려움이 닥치든 내가 무언가를 할 수 있는지 없는지 판단하는 척도는 내게 달렸고, 정말 두려워할 것은 두려움 그 자체뿐이라는 걸. (중략) 그래서 지금도 나는 크고 작은 어려움에 맞닥뜨릴 때마다 이렇게 되뇌곤 한다. 못한다고 말하기 전에 딱 한 걸음만 나아가 보자고. 때론 그 작은 한 걸음이 답일 때가 있다고."

내가 만약 가정의 일로 책 쓰기를 무한정 미뤘다면 나는 아마 과거에 습관적으로 반복했던 우울한 시간을 보내고 있을지 모른다. 그리고 당장 해결할 수 없는 문제에 묻혀 온갖 불편한 감정들을 끌어안고 남편을 공격하고 원망했을 것이다. 마음이 복잡했던 시기에 우종영 나무 의사의 책은 나에게 깊은 공감과 위로를 안겨줬다. 특히 아래 두 문장은 약한 내 심지를 견고하게 잡아준 계기가 됐다.

'못한다고 말하기 전에 딱 한 걸음만 나아가 보자고. 때론 그 작은 한 걸음이 답일 때가 있다고.(P28)'
'좋은 일은 믿음을 가진 사람들에게 찾아오고, 더 좋은 일들은 인내심을 가진 사람들에게 찾아오지만, 최고의 일은 포기하지 않는 사람들에게 찾아온다고.(P150)'

책 쓰기는 나에게 무척 버거운 일이었다. 몇 년 전 매일 글을 쓰는 블로그 일을 하다가 뇌종양 진단을 받았기 때문에 노트북 앞에 다시 앉는 것 자체가 두려웠다. 초고 집필을 시작할 무렵 노트북 앞에서 며칠 동안 책 쓰기를 하면서 머리가 많이 아팠다. 한 편을 쓰고 나면 소파에 몇 시간은 누워있어야 겨우 회복이 될 정도로 두통이 심했다. 이렇게 며칠을 보내자 '내가 과연 글을 쓸 수 있을까?'하는 의문이 들면서 자신감이 점점 떨어졌다. 그리고 무슨 일이든 가능할 것 같았던 열정과 건강을 가졌던 과거의 내 모습이 그리웠다. 하지만 그대로 시간을 보낸다면 나무 의사의 말처럼 아무 일도 일어나지 않을 것 같은 불안한 생각이 들었다.

그래서 시도한 것이 휴대폰으로 초고 쓰기였다. 휴대폰 컬러노트 앱에 들어가 손가락으로 자음과 모음을 터치하면서 한 줄씩 글을 써 내려갔다. 다행히 노트북으로 책 쓰기를 할 때보다 머리가 아프지 않아서 계속 글을 써 내려갈 수 있었다. 문제는 속도가 잘 나지 않는 것이었다. 디지털 시대에 아날로그가 된 것 같았다. 한편의 글을 완성하는데 하루 반나절 이상이 걸릴 때가 많았다. 마음만큼 몸이 따라주지 않으니 너무 힘이 들었다. 그리고 함께 시작했던 작가님들과 나를 비교하면서 열등감도 느꼈다. 이런 마음이 반복될 때마다 책 쓰기에 온전히 집중하기가 어려웠다. 마음이 가라앉아 있던 어느 날 이런 생각이 들었다.

'지금 이 상황에서 나에게 중요한 게 뭘까? 속도? 방향?

그래 맞다. 나에게는 방향이다.

정신이 들었다. 내 보폭에 맞혀 걸어가자고 나에게 말하고 다시 마음을 다잡았다. 그러자 한결 편안하게 글을 쓸 수 있었다. 그 결과 글을 하나씩 완성해 갈 때마다 뿌듯해했고, 이렇게라도 쓸 수 있는 내가 대견했다.

우리의 삶은 다양한 이유로 스스로 한계를 그을 때가 많다. '이래서 못한다', '저래서 못한다' 등등의 이유로 하고 싶은 일과 좋아하는 일을 무한정 미룬다. 하지만 이것은 시간이 지나면 아쉬움과 허무함만 남긴다는 사실을 우리는 익히 경험으로 알고 있다.

'못한다고 말하기 전에 딱 한 걸음만 나아가 보자고, 때론 그 작은 한 걸음이 답일 때가 있다'고 말한 우종영 나무 의사의 말처럼 현실이 아무리 힘들어도 못한다고 말하기 전에 딱 한 걸음만 걸어가 보자. 포기하기 전에 실행한 자신을 대견하게 여길 날이 반드시 찾아올 것이다.